凱信企管

用對的方法充實自己，
讓人生變得更美好！

凱信企管

用對的方法充實自己，
讓人生變得更美好！

圖像視覺
記憶

。大家來學。
日本人天天都要用的
日語單字

せつめい
使用說明

圖像記憶 X 聽力訓練

用「日本人 24 小時掛在嘴邊的生活單字」＋「生動活用句」，
學一次就不忘記，日語哈啦更流利！

啟動視覺圖像記憶，解鎖右腦
過目不忘的能力

根據研究：右腦主掌圖像記憶，其
記憶能力是左腦的 100 萬倍以上！
全書以生動插畫繪出各式生活場景、
物件，讓你以鮮明的視覺圖像來做
為記單字的主軸，單字再也不用死
記硬背，就能輕鬆牢記。

從用得到的開始學，生活裡
視線所及都能開口説

所有單字從日常生活裡實用的人事
物精選而來，細分為六大類、四十
個生活場景，每個場景都有符合該
主題的強烈視覺圖像，每一個單字
都相對應的與精製插畫對照，不論
是天天看得到、摸得到的東西，以
及日常的人際簡單互動，都能直覺
的反饋應對，日語自然開口説。

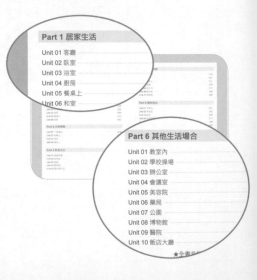

③ 單字學了馬上就會用

學習最重邏輯！學了單字更要知道怎麼活用才是最正確、有效的學習方式。

精心設計「單字、量詞＆短語搭配、活用句」一起學，先學短語，再學活用例句，循序漸進的學習方式，讓你更能精準運用單字，語言扎根更穩固！

④ 彷如置身日本實境的學習

書中的每個場景皆收錄一篇情境會話＆短句，擬真的日本人語言互動模式，彷如身歷其境，在學單字的同時，更能了解日本人的語言邏輯以及運用方式，口語能力急速大躍進。

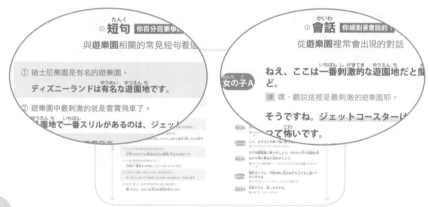

⑤ 中日教師雙語對照語音檔

書中單字、短語及活用句全部以中日對照的方式唸給你聽，藉以強化左腦語言學習思維；日文部分特聘日籍老師用最純正的東京口音錄製語音檔，聽力口說齊訓練，隨時隨地同步學習，齊頭增進聽說能力。

まえがき
前言

　　學習外語，本身就是一個漸進式的過程，從基礎開始打底，慢慢循序往上累積，沒有捷徑。日語的學習亦同，在認真的學過了日語 50 音之後，自然就要進行到正確運用 50 音的階段－單字的學習。可惜的是，有不少人在這個階段就止步或是停滯不前了。究其原因，不外乎是因為記單字很無聊，記了又無用武之地，尤其現在出國不易的狀態，使其學習動力更弱減。

　　一直以來，有許多專家都說，想要學好外語，最好能置身當地、被語言環境包圍。但對於大部分的人而言，這是不可能的任務。因此，我在規劃這本日語單字書之初，便希望能夠彌補這一點，所以，不論是在選字或例句的設計，都希望讓學習者能夠有「身歷其境」的感受，**更重要的是，每一個單字都配以擬真的插圖來做為記憶的主力，藉此開啟每一個人與生俱來的「右腦圖像視覺記憶能力」**，將這股能力放到最大，讓學習更容易，而且不忘記。

　　如同我當時剛來到台灣一樣，學習中文皆以生活中睜眼所見、觸手可及的人事物為學習重點，如此才能將所學快速地反饋在生活裡，也才真的能內化成為直覺反應，同時擁有成就感，這一點很重要，也是支持學習的動力。

學習日語也一樣，全書利用精彩的插畫，描繪出一天會遇到的各種場景，並且在該場景點出重要的、必學的單字，再由字彙延伸出句子，搭配情境練習，不只能加速記下單字和短句，更能以單字對應可能出現的對話，讓腦中的關鍵字被點擊後，馬上出現各種會話的可能性，使你話匣子一打開就停不下來，不會有尷尬無語的窘境。另外，也針對日文較難掌握的量詞變化問題，以單字為主、量詞為輔的方式，同時吸收學習，在對話時也不會忘記正確的說法，讓你不只學得多，更能學得精！

　　另外，透過日籍老師道地口語的語音檔，希望讓你有恍如置身於日本當地的感受，學習能夠更生動，不再對開口說日文有恐懼。當然，我更希望能藉由這本書，幫助你將字彙觸及到生活每個角落，各種場景都能信手拈來一句道地的日文，幫助打穩基礎的同時，也在學習中得到成就感，讓自己都讚嘆：「哇～原來我也可以輕鬆不費力地開口說日語！」同學們，加油！

カタログ
目録

Part 5 購物血拚

Part 6 其他生活場合

★全書音檔下載雲端連結：https://tinyurl.com/dd8mek3t

PART 1

居家生活

音檔連結

因各家手機系統不同，若無法直接掃描，
仍可以至以下電腦雲端連結下載收聽。
（https://tinyurl.com/247vry57）

Unit 01
客廳リビング

⊙ **單語** たんご 你一定要熟記的！

從**客廳**學到的單字有這些

01. テレビ 電視 發音 terebi

可以説 **テレビ一台**^{いちだい}
一台電視

活用句 **テレビを見る。**^み
看電視。

02. ソファー 沙發 發音 sofa-

可以説 **ソファー二つ**^{ふた}
兩張沙發

活用句 **ソファーに座る。**^{すわ}
坐沙發。

03. テーブル 桌子 發音 te-buru

可以説 **テーブル三台**^{さんだい}
三張桌子

活用句 **テーブルの上に林檎が**^{うえ りんご}
ある。
桌子上放著蘋果。

04. カーペット 地毯 發音 ka-petto

可以説 **カーペット一枚**^{いちまい}
一張地毯

活用句 **カーペットを洗う。**^{あら}
洗地毯。

05. げた箱 鞋櫃 ^{ばこ} 發音 getabako

可以説 **げた箱一つ**^{ばこひと}
一個鞋櫃

活用句 **げた箱は玄関に置いて**^{ばこ げんかん お}
ある。
鞋櫃放在玄關。

06. 電話 電話 ^{でんわ} 發音 denwa

可以説 **電話一台**^{でんわ いちだい}
一支電話

活用句 **電話を掛ける。**^{でんわ か}
打電話。

07. テレビ台　電視櫃
發音 terebidai

可以説 テレビ台一台
一個電視櫃

活用句 テレビ台の上に花瓶を置く。
把花瓶放在電視櫃上。

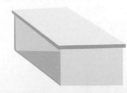

08. 扇風機　電風扇
發音 senpu-ki

可以説 扇風機五台
五台電風扇

活用句 扇風機をつける。
開電風扇。

09. 時計　時鐘　發音 toke-

可以説 時計一個
一個時鐘

活用句 新しい時計を壁に掛ける。
把新時鐘掛在牆上。

10. エアコン　空調
發音 eakon

可以説 エアコン一台
一台空調

活用句 エアコンをつけましょうか。
開空調吧！

11. DVD プレーヤー
DVD 播放器
發音 DVD pure-ya-

可以説 DVDプレーヤー一台
一台DVD播放器

活用句 このDVDプレーヤーを買いたい。
想買一台DVD播放器。

12. フロアスタンド
立燈　發音 furoasutando

可以説 フロアスタンド一台
一座立燈

活用句 フロアスタンドが高いです。
立燈很高。

與**客廳**相關的常見短句看這邊

① 電視的功能愈來愈多、外觀很輕薄。

き のう おお　　　かたち うす
テレビの機能が多くなり、形も薄くなりました。

② 電風扇除了首動開關還有遙控功能。

せんぷう き　　　 くびふ　 き のう ほか　　　　　　 き のう
扇風機には首振り機能の他にリモコン機能もあります。

③ 時鐘走到7點時就要出門了！

と けい　 はり　しちじ　 さ　　　　　 で か
時計の針が七時を指したら出掛けます！

④ 冬天裡有地毯很溫暖。

ふゆ　　　　　　　　　　　　　　　 あたた
冬にカーペットがあると暖かいです。

⑤ 電視櫃裡可以收納物品。

だい　なか　もの　 しゅうのう
テレビ台の中に物を収納できます。

⑥ 這沙發坐起來很舒適。

すわ　ご こ ち
このソファーの座り心地はとてもいいです。

⑦ 鞋櫃裡的鞋子擺放很整齊。

げ た ばこ　 なか　 くつ　　　　　　　　 なら
下駄箱の中の靴がきれいに並べてあります。

⑧ DVD播放器有預約錄影功能。

よ やくろく が　　 き のう
DVDプレイヤーには予約録画の機能があります。

⑨ 我們全家常一起聚在客廳聊天。

わたし　　 か ぞく　　　　　　　　　　　　　　　 あつ
私たち家族は、よくリビングに集まっておしゃべりをしています。

⑩ 請把沙發上的抱枕遞給我。

うえ　 だ まくら　 と
ソファーの上の抱き枕を取ってください。

⊙ 會話 你絕對要會説的！
從客廳裡常會出現的對話

お客
すみません、お邪魔します。
譯 不好意思打擾了。

主人
どうぞお入りください。
譯 請進請進。

お客
これはお土産です。
譯 這是伴手禮。

主人
ありがとうございます。
譯 謝謝。

お客
こちらのソファーにお座りください。水を持ってきます。
譯 請坐在這邊的沙發，我去倒杯水來。

主人
今日はちょっと暑いでしょう。エアコンをつけましょうか。
譯 今天有點熱吧，要不要開空調呢?

お客
扇風機でいいです。
譯 開電風扇就可以了。

主人
テレビを見ますか。
譯 要看電視嗎？

お客
結構です。
譯 不用了。

お客
あのう、電話を借りたいんですが、いいですか。
譯 不好意思我想跟你借個電話，可以嗎？

主人
いいですよ。電話はあそこのテーブルの上にあります。
譯 可以啊，電話在那邊的桌子上。

Unit 02
臥室 ベッドルーム

Rock

⊙ **單語** ^{たんご} 你一定要熟記的！

從**臥**室學到的單字有這些

01. 窓 ^{まど} 窗戶 發音 mado

可以説 **窓一枚** ^{まどいちまい}

一扇窗戶

活用句 **窓を開ける。** ^{まど あ}

開窗戶。

02. カーテン 窗簾

發音 ka-ten

可以説 **カーテン二枚** ^{に まい}

兩張窗簾

活用句 **このカーテンの色は綺麗** ^{いろ きれい}
です。

這窗簾的顏色很漂亮。

03. ベッド 床 發音 beddo

可以説 **ベッド一台** ^{いちだい}

一張床

活用句 **ベッドで寝る。** ^ね

在床上睡覺。

04. 枕 ^{まくら} 枕頭 發音 makura

可以説 **枕 一個** ^{まくらいっこ}

一個枕頭

活用句 **柔らかい 枕 が好きで** ^{やわ まくら す}
す。

喜歡軟的枕頭。

05. 布団 ^{ふ とん} 棉被 發音 futon

可以説 **布団一枚** ^{ふ とんいちまい}

一條被子

活用句 **布団をかけて寝る。** ^{ふ とん ね}

蓋著被子睡覺。

06. ポスター 海報

發音 posuta-

可以説 **ポスター三枚** ^{さんまい}

三張海報

活用句 **アイドルのポスターを**
貼る。 ^は

貼偶像的海報。

07. チェスト 五斗櫃
發音 chesuto

可以說 チェスト一台（いちだい）
一座五斗櫃

活用句 チェストが重（おも）いです。
五斗櫃很重。

08. 本棚（ほんだな） 書櫃 發音 hondana

可以說 本棚一つ（ほんだなひと）
一個書櫃

活用句 本棚（ほんだな）に漫画（まんが）を並（なら）べる。
把漫畫排在書櫃上。

09. ドレッサー 化妝台
發音 doressa-

可以說 ドレッサー一台（いちだい）
一個化妝台

活用句 ドレッサーで化粧（けしょう）する。
在化妝台化妝。

10. 鏡（かがみ） 鏡子 發音 kagami

可以說 鏡二枚（かがみにまい）
兩面鏡子

活用句 鏡（かがみ）が割（わ）れた。
鏡子破了。

11. 目覚（めざ）まし時計（どけい） 鬧鐘
發音 mezamashidoke-

可以說 目覚（めざ）まし時計三（どけいみっ）つ
三個鬧鐘

活用句 目覚（めざ）まし時計（どけい）を壊（こわ）した。
把鬧鐘弄壞了。

12. ぬいぐるみ
玩偶（填充玩具）
發音 nuigurumi

可以說 ぬいぐるみ五つ（いつ）
五個玩偶

活用句 ぬいぐるみを沢山（たくさん）買（か）いたいです。
想買很多玩偶。

⊙ 短句 （たんく） 你百分百要學的！
與臥室相關的常見短句看這邊

① 陽光透過窗戶照射到房間。
窓（まど）を透（とお）して光（ひかり）が部屋（へや）に射（さ）し込（こ）んできます。

② 為了每天能在七點起床，我設了鬧鐘。
毎日（まいにち）七時（しちじ）に起（お）きられるように、目覚（めざ）まし時計（どけい）をセットしました。

③ 我的床墊舒適又柔軟。
私（わたし）のマットレスはふかふかで心地（ここち）いいです。

④ 我喜歡這窗簾的花色。
このカーテンの柄（がら）が好（す）きです。

⑤ 五斗櫃裡放滿衣服。
チェストには服（ふく）がいっぱい入（はい）ってます。

⑥ 媽媽每天都會在化妝台前照著鏡子化妝。
母（はは）は毎日（まいにち）ドレッサーの前（まえ）で、鏡（かがみ）を見（み）ながら化粧（けしょう）をします。

⑦ 化妝台上放著化妝品。
ドレッサーの上（うえ）に化粧品（けしょうひん）が置（お）いてあります。

⑧ 姐姐將房間的被子、枕頭疊放得很整齊。
姉（あね）は部屋（へや）の布団（ふとん）と枕（まくら）をきれいに畳（たた）みました。

⑨ 妹妹將玩偶放在五斗櫃上。
妹（いもうと）はぬいぐるみをチェストの上（うえ）に置（お）きました。

⑩ 書櫃裡擺滿了爸爸喜歡的書。
本棚（ほんだな）はお父（とう）さんの好（す）きな本（ほん）でいっぱいです。

⊙會話 你絕對要會説的！

從臥室裡常會出現的對話

母 もう７時よ。早く起きなさい。

譯 已經七點了，快點起床囉。

娘 目覚まし時計が壊れたのね。遅れちゃう。

譯 鬧鐘壞掉了嗎？這樣我會遲到啦。

母 カーテンと窓を開けて。

譯 把窗簾和窗戶打開來。

娘 今日はいい天気だね。

譯 今天天氣好好唷。

母 枕、布団を片付けて。

譯 枕頭、被子要整理好。

娘 はい。

譯 好。

母 早くしなさい。間に合わないよ。

譯 動作快點，不然妳會來不及喔。

娘 お母さん、辞書はどこ？

譯 媽，我的字典呢？

母 本棚に置いてるじゃない？

譯 不是放在書櫃裡嗎？

母 ぬいぐるみはなぜここに？今度ちゃんと片付けなさいよ。

譯 玩偶怎麼會在這兒？下次記得要收好啊。

Unit 03
浴室 バスルーム

⊙ 單語 たんご 你一定要熟記的！

從**浴室**學到的單字有這些

01. バスタブ 浴缸

發音 basutabu

可以説 バスタブ一台 いちだい

一個浴缸

活用句 この部屋にバスタブが ない。 へや

這房間裡沒有浴缸。

02. 入る 泡（澡） はい 發音 hairu

可以説 お風呂に入る

泡澡

活用句 毎日お風呂に入ってか まいにち ふろ はい ら寝る。 ね

每天泡完澡睡覺。

03. 便座 馬桶 べんざ 發音 benza

可以説 便座一台 べんざ いちだい

一個馬桶

活用句 便座が汚いです。 べんざ きたな

馬桶很髒。

04. トイレットペーパー

衛生紙 發音 toirettope-pa-

可以説 トイレットペーパー 一枚 いちまい

一張衛生紙

活用句 私はトイレットペーパ わたし ーを買ってくるね。 か

我去買衛生紙回來喔。

05. 剃刀 刮鬍刀 かみそり 發音 kamisori

可以説 剃刀一丁 かみそり いっちょう

一支刮鬍刀

活用句 剃刀でひげを剃る。 かみそり そ

用刮鬍刀刮鬍子。

06. 洗面台 洗臉台 せんめんだい 發音 senmendai

可以説 洗臉台一台 せんめんだい いちだい

一座洗臉台

活用句 洗臉台で手を洗う。 せんめんだい て あら

在洗臉台洗手。

026

07. 練り歯磨き 牙膏
也可以説 ハミガキ
發音 nerihamigaki（hamigaki）

可以説 練り歯磨き一つ

一條牙膏

活用句 練り歯磨きを使い切った。

把牙膏用完了。

08. 歯ブラシ 牙刷
發音 haburashi

可以説 歯ブラシ一本

一支牙刷

活用句 歯ブラシで歯を磨く。

用牙刷刷牙。

09. 洗顔フォーム
洗面乳 發音 senganfo-mu

可以説 洗顔フォーム二つ

兩條洗面乳

活用句 洗顔フォームを選ぶ。

選洗面乳。

10. バスタオル 浴巾
發音 basutaoru

可以説 バスタオル三枚

三條浴巾

活用句 バスタオルを洗濯する。

洗浴巾。

11. タイル 磁磚 發音 tairu

可以説 タイル一枚

一塊磁磚

活用句 タイルが割れた。

磁磚裂開了。

12. 石鹼 肥皂 發音 sekken

可以説 石鹼二個

兩塊肥皂

活用句 この石鹼は肌にやさしいです。

這個肥皂對皮膚很溫和。

與浴室相關的常見短句看這邊

① 浴室裡有爸爸的刮鬍刀。

バスルームに<ruby>父<rt>ちち</rt></ruby>の<ruby>剃刀<rt>かみそり</rt></ruby>があります。

② 我的浴巾是粉紅色的。

<ruby>私<rt>わたし</rt></ruby>のバスタオルはピンクです。

③ 浴室的磁磚有止滑功能。

バスルームのタイルには<ruby>滑<rt>すべ</rt></ruby>り<ruby>止<rt>ど</rt></ruby>め<ruby>効果<rt>こうか</rt></ruby>があります。

④ 媽媽喜歡在浴缸裡泡澡。

<ruby>母<rt>はは</rt></ruby>はお<ruby>風呂<rt>ふろ</rt></ruby>に<ruby>入<rt>はい</rt></ruby>るのが<ruby>好<rt>す</rt></ruby>きです。

⑤ 爸爸喜歡淋浴。

<ruby>父<rt>ちち</rt></ruby>はシャワーをするのが<ruby>好<rt>す</rt></ruby>きです。

⑥ 刷牙時用牙刷及牙膏清潔牙齒。

<ruby>歯磨<rt>はみが</rt></ruby>きの<ruby>時<rt>とき</rt></ruby>は、<ruby>歯<rt>は</rt></ruby>ブラシと<ruby>練<rt>ね</rt></ruby>り<ruby>歯磨<rt>はみが</rt></ruby>きを<ruby>使<rt>つか</rt></ruby>って<ruby>歯<rt>は</rt></ruby>をきれいにします。

⑦ 每天刷牙2次以上可以減少蛀牙。

<ruby>毎日<rt>まいにち</rt></ruby><ruby>二回<rt>にかい</rt></ruby><ruby>以上<rt>いじょう</rt></ruby><ruby>歯磨<rt>はみが</rt></ruby>きをすれば、<ruby>虫歯<rt>むしば</rt></ruby>の<ruby>予防<rt>よぼう</rt></ruby>になります。

⑧ 我們每天早上都在洗臉台上刷牙、洗臉。

<ruby>私<rt>わたし</rt></ruby>たちは<ruby>毎朝<rt>まいあさ</rt></ruby>、<ruby>洗面台<rt>せんめんだい</rt></ruby>で<ruby>歯<rt>は</rt></ruby>を<ruby>磨<rt>みが</rt></ruby>いたり、<ruby>顔<rt>かお</rt></ruby>を<ruby>洗<rt>あら</rt></ruby>ったりします。

⑨ 常常刷洗馬桶保持乾淨。

<ruby>便器<rt>べんき</rt></ruby>を<ruby>常<rt>つね</rt></ruby>に<ruby>掃除<rt>そうじ</rt></ruby>して、きれいにしています。

⑩ 每天洗澡保持個人衛生好習慣。

<ruby>毎日<rt>まいにち</rt></ruby>お<ruby>風呂<rt>ふろ</rt></ruby>に<ruby>入<rt>はい</rt></ruby>り、<ruby>良<rt>よ</rt></ruby>い<ruby>衛生習慣<rt>えいせいしゅうかん</rt></ruby>を<ruby>保<rt>たも</rt></ruby>ちます。

⊙ 會話 _{かいわ} 你絕對要會說的！

從浴室裡常會出現的對話

父 ^{ちち}

バスタブでのお風呂^{ふろ}は気持^{きも}ちいいな～。

譯 用浴缸泡澡真舒服啊～

息子 ^{むすこ}

気持^{きも}ちいいね～。

譯 好舒服啊～

父 ^{ちち}

お風呂^{ふろ}に入^{はい}る前^{まえ}に、石鹸^{せっけん}で体^{からだ}をきれいに洗^{あら}うんだよ。

譯 泡澡前，記得要先用肥皂把身體洗乾淨喔。

息子 ^{むすこ}

お父^{とう}さん、あれは何^{なに}？

譯 爸爸，那個是什麼？

父 ^{ちち}

あれはかみそり。パパのひげを剃^そるんだよ。

譯 那個是刮鬍刀，是爸爸拿來刮鬍子的。

息子 ^{むすこ}

僕^{ぼく}も大^{おお}きくなったら、ひげがあるの？

譯 那我長大以後也會有鬍子嗎？

父 ^{ちち}

もちろんあるよ。大^{おお}きくなったらね。

譯 當然有呀，等你長大就會有了。

父 ^{ちち}

寝^ねる前^{まえ}に、歯^はブラシに練^ねり歯磨^{はみが}きをつけて、歯^はを磨^{みが}くんだよ。

譯 睡覺前，要用牙刷沾點牙膏刷刷牙唷。

息子 ^{むすこ}

は～い。

譯 好～。

Unit 04
廚房キッチン

⊙單語 你一定要熟記的！

從**廚房**學到的單字有這些

01. 流し台 流理台

發音 **nagashidai**

可以説 流し台一台

一座流理台

活用句 流し台を片づける。

整理流理台。

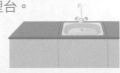

02. 蛇口 水龍頭 發音 **jaguchi**

可以説 蛇口一つ

一個水龍頭

活用句 蛇口を閉める。

關水龍頭。

03. ミキサー 果汁機

發音 **mikisa-**

可以説 ミキサー一台

一台果汁機

活用句 ミキサーでジュースを作る。

用果汁機做果汁。

04. 切る 切 發音 **kiru**

可以説 野菜を切る。

切菜

活用句 爪を切る。

剪指甲。

05. 電子レンジ 微波爐

發音 **denshirenji**

可以説 電子レンジ二台

兩台微波爐

活用句 電子レンジは便利です。

微波爐很方便。

06. 鍋 鍋子 發音 **nabe**

可以説 鍋一つ

一個鍋子

活用句 鍋料理が好きです。

喜歡鍋類料理。

07. 炊飯器 <small>すいはんき</small>　電鍋
發音 suihanki

可以説　炊飯器四台 <small>すいはんき よんだい</small>
四個電鍋

活用句　炊飯器でご飯を炊く。 <small>すいはんき はん た</small>
用電鍋煮飯。

08. 電気ポット <small>でんき</small>　熱水瓶
發音 denkipotto

可以説　電気ポット六台 <small>でんき ろくだい</small>
六個熱水瓶

活用句　電気ポットでお湯を沸かした。 <small>でんき ゆ わ</small>
用熱水瓶煮開了熱水。

09. 冷蔵庫 <small>れいぞうこ</small>　冰箱
發音 re-zo-ko

可以説　冷蔵庫一台 <small>れいぞうこ いちだい</small>
一台冰箱

活用句　果物を冷蔵庫に入れる。 <small>くだもの れいぞうこ い</small>
把水果放進冰箱。

10. ゴミ箱 <small>ばこ</small>　垃圾桶
發音 gomibako

可以説　ゴミ箱二つ <small>ばこふた</small>
兩個垃圾桶

活用句　ゴミをゴミ箱に捨てる。 <small>ばこ す</small>
把垃圾丟進垃圾桶。

11. 包丁 <small>ほうちょう</small>　菜刀　發音 ho-cho-

可以説　包丁一丁 <small>ほうちょういっちょう</small>
一把菜刀

活用句　包丁で肉を切る。 <small>ほうちょう にく き</small>
用菜刀切肉。

12. フライパン　平底鍋
發音 furaipan

可以説　フライパン一つ <small>ひと</small>
一個平底鍋

活用句　今日の料理は全部フライパンで作った。 <small>きょう りょうり ぜんぶ つく</small>

今天的料理全部都是用平底鍋作的。

⊙ 短句 <ruby>短<rt>たん</rt>句<rt>く</rt></ruby> 你百分百要學的！

與廚房相關的常見短句看這邊

① 用電鍋煮飯簡單又方便。

炊飯器でご飯を炊くのは簡単で便利です。

② 冰箱裡有很多飲料。

冷蔵庫の中にジュースがたくさんあります。

③ 用微波爐熱食物簡單又快速。

電子レンジで食べ物を温めるのは、簡単でスピーディーです。

④ 姐姐用果汁機做新鮮果汁給我喝。

姉がミキサーでジュースを作ってくれました。

⑤ 媽媽用平底鍋炒菜。

母はフライパンで料理をします。

⑥ 將食物放進冰箱可以保持新鮮。

食べ物を冷蔵庫に入れると鮮度が保てます。

⑦ 廚房的菜刀很利，要小心喔！

キッチンの包丁はよく切れます、気をつけてね。

⑧ 媽媽每次煮完菜都會將流理台整理得很乾淨。

母はいつも料理を終えると、流し台をきれいにします。

⑨ 節約能源要關緊水龍頭。

節約のために蛇口はきちんと締めましょう。

⑩ 響應環保垃圾要分類。

エコのためにゴミは分別しましょう。

○ 會話 你絕對要會説的！

從廚房裡常會出現的對話

先生
みなさん、こんにちは。
譯 大家午安。

學生
先生、今日はよろしくお願いします。
譯 老師，今天麻煩您了。

先生
はい。まずは、水で野菜をきれいに洗います。
譯 好的，首先，用水將蔬菜清洗乾淨。

學生
はい。
譯 好。

先生
次は包丁で野菜を切ります。
譯 接下來是拿菜刀切菜。

學生
先生、このように切るのですか。
譯 老師，是這樣切嗎？

先生
はい、お上手ですね。
譯 是的，切得很不錯喔。

先生
切った野菜を鍋で茹で上げます。
譯 切好的蔬菜用鍋子汆燙。

學生
フライパンで炒めてもいいですか。
譯 也可以用平底鍋炒嗎？

先生
いいですよ。炒めてもおいしいですよ。
譯 可以呀，用炒的也很好吃唷。

先生
最後には、いらないものをゴミ箱に捨てて、流し台をきれいにしてくださいね。
譯 最後，要記得把不要的東西丟到垃圾桶，流理台要清理乾淨喔。

Unit 05
餐桌上 ダイニングテーブル

⊙ **單語** 你一定要熟記的！
（たんご）

從**餐桌上**學到的單字有這些

01. 茶碗 碗 發音 chawan
（ちゃわん）

可以説 **茶碗一つ**
（ちゃわんひと）
一個碗

活用句 **茶碗を割った。**
（ちゃわん）（わ）
把碗弄破了。

02. お皿 盤子 發音 osara
（さら）

可以説 **お皿一枚**
（さらいちまい）
一個盤子

活用句 **お皿を持ってきて。**
（さら）（も）
把盤子拿來。

03. 箸 筷子 發音 hashi
（はし）

可以説 **箸二本／一膳**
（はし に ほん いちぜん）
兩支筷子／一雙筷子

活用句 **箸をつける。**
（はし）
動筷子。

04. コップ 杯子（玻璃杯） 發音 koppu

可以説 **コップ一個**
（いっ こ）
一個杯子

活用句 **あのコップを見せてください。**
（み）
請讓我看那個杯子。

05. 肉じゃが 馬鈴薯燉肉 發音 nikujaga
（にく）

可以説 **肉じゃが一皿**
（にく）（ひとさら）
一盤馬鈴薯燉肉

活用句 **肉じゃがが食べたい！**
（にく）（た）
想吃馬鈴薯燉肉！

06. サラダ 沙拉 發音 sarada

可以説 **サラダ一皿**
（ひとさら）
一盤沙拉

活用句 **サラダが嫌いです。**
（きら）
討厭沙拉。

07. ご飯　白飯　[發音] gohan

[可以説] ご飯一杯
一碗白飯

[活用句] ご飯を食べたくないです。
不想吃白飯。

08. 果物　水果　[發音] kudamono

[可以説] 果物三つ
三個水果

[活用句] 八百屋で果物を買った。
在蔬果店買了水果。

09. テーブルクロス
桌巾　[發音] te-burukurosu

[可以説] テーブルクロス二枚
兩條桌巾

[活用句] このテーブルクロスのデザインはいいです。
這桌巾的設計很好。

10. 調味料　調味料
[發音] cho-miryo-

[可以説] 調味料一種類
一種調味料

[活用句] いろいろな調味料をつける。
沾了各種調味料。

11. スプーン　湯匙
[發音] supu-n

[可以説] スプーン一本
一支湯匙

[活用句] スプーンでスープを飲む。
用湯匙喝湯。

12. ダイニングテーブル　餐桌
[發音] dainingute-buru

[可以説] ダイニングテーブル一台
一張餐桌

[活用句] ダイニングテーブルを片づけてください。
請收拾餐桌。

與餐桌上相關的常見短句看這邊

① 我們習慣在餐桌上吃飯。

<ruby>私<rt>わたし</rt></ruby>たちはいつもダイニングテーブルでご<ruby>飯<rt>はん</rt></ruby>を<ruby>食<rt>た</rt></ruby>べます。

② 媽媽煮了豐盛的晚餐。

<ruby>母<rt>はは</rt></ruby>が<ruby>豪華<rt>ごうか</rt></ruby>な<ruby>晩御飯<rt>ばんごはん</rt></ruby>を<ruby>作<rt>つく</rt></ruby>りました。

③ 亞洲人用筷子吃飯。

アジアの<ruby>人<rt>ひと</rt></ruby>はお<ruby>箸<rt>はし</rt></ruby>でご<ruby>飯<rt>はん</rt></ruby>を<ruby>食<rt>た</rt></ruby>べます。

④ 哥哥喜歡吃白飯。

<ruby>兄<rt>あに</rt></ruby>は<ruby>白<rt>しろ</rt></ruby>いご<ruby>飯<rt>はん</rt></ruby>が<ruby>好<rt>す</rt></ruby>きです。

⑤ 媽媽説飯後要吃水果。

<ruby>母<rt>はは</rt></ruby>が<ruby>食後<rt>しょくご</rt></ruby>に<ruby>果物<rt>くだもの</rt></ruby>を<ruby>食<rt>た</rt></ruby>べると<ruby>言<rt>い</rt></ruby>いました。

⑥ 爸爸喜歡吃魚。

<ruby>父<rt>ちち</rt></ruby>は<ruby>魚<rt>さかな</rt></ruby>が<ruby>好<rt>す</rt></ruby>きです。

⑦ 姐姐喜歡吃雞肉。

<ruby>姉<rt>あね</rt></ruby>は<ruby>鶏肉<rt>とりにく</rt></ruby>が<ruby>好<rt>す</rt></ruby>きです。

⑧ 媽媽喜歡在餐桌上擺放桌巾。

<ruby>母<rt>はは</rt></ruby>はダイニングテーブルにテーブルクロスを<ruby>掛<rt>か</rt></ruby>けるのが<ruby>好<rt>す</rt></ruby>きです。

⑨ 妹妹喜歡用小湯匙喝湯。

<ruby>妹<rt>いもうと</rt></ruby>は<ruby>小<rt>ちい</rt></ruby>さいスプーンでスープを<ruby>飲<rt>の</rt></ruby>むのが<ruby>好<rt>す</rt></ruby>きです。

⑩ 這個杯子好漂亮。

このコップ、すごくきれいです。

⑪ 爸爸喜歡邊吃早餐邊看報紙。

<ruby>父<rt>ちち</rt></ruby>は<ruby>朝<rt>あさ</rt></ruby>ごはんを<ruby>食<rt>た</rt></ruby>べながら<ruby>新聞<rt>しんぶん</rt></ruby>を<ruby>見<rt>み</rt></ruby>るのが<ruby>好<rt>す</rt></ruby>きです。

⊙ 會話 你絕對要會説的！

從**餐桌上**裡常會出現的對話

カップル女
今日はあなたの好きな料理を作ったわよ。
譯 我今天煮了你最愛吃的菜喔。

カップル男
本当？何があるの？
譯 真的嗎？有什麼呢？

カップル女
肉じゃがとサラダ、それに茶碗蒸しもあるわよ。
譯 有馬鈴薯燉肉、沙拉，還有茶碗蒸喔。

カップル男
聞くだけでうまそう。
譯 光聽就覺得好好吃喔。

カップル女
はい、おまたせ。どうぞ召し上がれ。
譯 來，讓你久等了。請慢用。

カップル女
このお箸、お皿、スプーンを使ってね。
譯 這雙筷子、盤子、湯匙給你用喔。

カップル男
わあ〜、うまい。調味料なんかいらないな。
譯 哇〜真好吃。都不用再加調味料了。

カップル男
ご飯がなくても、これだけでもう満足だよ。
譯 不用白飯，光吃這個我就很滿足了。

カップル女
果物もあるわよ。たくさん食べてね。
譯 還有水果喔，要多吃一點唷。

カップル男
幸せだ〜。
譯 我真幸福呀。

Unit 06
和室和室

⊙ **單語** ^{たんご} 你一定要熟記的！

從**和室**學到的單字有這些

01. こたつ 被爐 發音 kotatsu

可以説 こたつ一台 ^{いちだい}

一個被爐

活用句 こたつの中に足を入れ ^{なか} ^{あし} ^い
て暖をとる。 ^{だん}

把腳放在被爐裡取暖。

02. 畳 ^{たたみ} 榻榻米 發音 tatami

可以説 畳一畳 ^{たたみいちじょう}

一塊塌塌米

活用句 畳は拭きにくいです。 ^{たたみ} ^ふ

榻榻米很難擦。

03. 座布団 ^{ざ ぶ とん} 坐墊

發音 zabuton

可以説 座布団一枚 ^{ざ ぶ とんいちまい}

一個坐墊

活用句 猫は座布団で寝てい ^{ねこ} ^{ざ ぶ とん} ^ね
る。

貓坐在座墊上睡覺。

04. 卓袱台 ^{ちゃ ぶ だい} 和式圓桌

發音 chabudai

可以説 卓袱台一台 ^{ちゃ ぶ だいいちだい}

一張和式圓桌

活用句 部屋に卓袱台がある。 ^{へ や} ^{ちゃ ぶ だい}

房間裡有和式圓桌。

05. 抹茶 ^{まっ ちゃ} 抹茶 發音 maccha

可以説 抹茶一杯 ^{まっ ちゃ いっぱい}

一杯抹茶

活用句 この抹茶は苦いです。 ^{まっ ちゃ} ^{にが}

這杯抹茶很苦。

06. 生け花 ^{い ばな} 插花

發音 ikebana

可以説 生け花一杯 ^{い ばないっぱい}

一盆插花

活用句 生け花を学ぶ。 ^{い ばな} ^{まな}

學插花。

07. 縁側（えんがわ） 走廊 發音 engawa

可以説 縁側（えんがわ）に座（すわ）ってビールを飲（の）む。
坐在走廊喝啤酒。

活用句 縁側（えんがわ）でゴロゴロしたいです。
想在走廊滾來滾去。

08. 障子（しょうじ） 紙門 發音 sho-ji

可以説 障子（しょうじ）一枚（いちまい）
一扇紙門

活用句 障子（しょうじ）を開（あ）けましょうか。
打開紙門吧。

09. 床の間（とこのま） 壁龕 發音 tokonoma

可以説 床（とこ）の間（ま）一（ひと）つ
一個壁龕

活用句 床（とこ）の間（ま）を飾（かざ）る。
裝飾壁龕。

10. 掛け軸（かけじく） 掛畫 發音 kakejiku

可以説 掛（か）け軸（じく）一幅（いっぷく）
一幅掛畫

活用句 掛（か）け軸（じく）が汚（よご）れた。
掛畫髒了。

11. 押入れ（おしいれ） 壁櫥 發音 oshiire

可以説 押入（おしい）れ一間（いっけん）
一個壁櫥

活用句 ドラえもんはのび太（た）の部屋（へや）の押入（おしい）れに寝（ね）ている。
哆啦A夢在大雄房間的壁櫥裡睡覺。

12. 敷居（しきい） 門檻 發音 shikii

可以説 敷居（しきい）に気（き）をつける。
注意門檻。

活用句 敷居（しきい）が高過（たかす）ぎる。
門檻太高了。

與和室相關的常見短句看這邊

① 大家喜歡在和室喝茶聊天。
みんなは、和室でお茶を飲んで、おしゃべりする事が好きです。

② 和室是日本的文化之一。
和室は日本の文化の一つです。

③ 夏天時大家喜歡坐在走廊邊喝茶邊聊天。
**夏はみんなで縁側に座って、お茶を飲みながらおしゃべりするのが
好きです。**

④ 紙門上的花紋很漂亮。
障子の模様がきれいです。

⑤ 日本茶道很有名。
日本の茶道は有名です。

⑥ 爸爸在和室裡掛了一幅掛畫。
父が和室に掛け軸を掛けました。

⑦ 榻榻米是用稻草編織的。
畳はい草を編んで作ったものです。

⑧ 媽媽把被子收進壁櫥裡。
母が布団を押入れにしまいました。

⑨ 冬天裡大家喜歡坐在被爐取暖。
冬は、みんなこたつに入って暖まるのが好きです。

⑩ 奶奶喜歡坐在柔軟的坐墊上。
おばあちゃんは柔らかい座布団に座るのが好きです。

會話（かいわ） 你絕對要會説的！
從和室裡常會出現的對話

女子A（じょしA）
この和室（わしつ）、きれいですね。
譯 這間和室好漂亮喔。

女子B（じょしB）
そうですね。時々（ときどき）ここで茶道（さどう）が行（おこな）われます。
譯 對呀。有時這裡也會舉行茶道。

女子A（じょしA）
茶道（さどう）の作法（さほう）はとても厳（きび）しいと聞（き）きましたけど。
譯 聽説茶道的規定很嚴格？

女子B（じょしB）
そうですよ。障子（しょうじ）を開（あ）けるとき、畳（たたみ）に座（すわ）るときも、厳（きび）しい作法（さほう）があります。
譯 是呀，連開紙門、坐榻榻米，都有嚴格規定呢。

女子A（じょしA）
聞（き）くだけで怖（こわ）いですね。でも、着物（きもの）を着（き）るのは上品（じょうひん）に見（み）えますね。
譯 聽起來就覺得很可怕。不過穿和服感覺很有氣質呢。

女子B（じょしB）
抹茶（まっちゃ）は少（すこ）し苦味（にがみ）がありますが、特殊（とくしゅ）な香（かお）りがします。
譯 抹茶雖然有點苦味，但卻有獨特的香氣。

女子A（じょしA）
あそこを見（み）て！生（い）け花（ばな）と掛（か）け軸（じく）がありますよ。
譯 你看那邊，有插花還有掛畫耶！

女子B（じょしB）
床（とこ）の間（ま）の飾（かざ）りはきれいでしょう。
譯 壁龕的擺飾很漂亮吧。

女子A（じょしA）
では、ほかのところを見（み）に行（い）きましょう。
譯 嗯，我們去別的地方看看吧。

PART 2
交通運輸

音檔連結
因各家手機系統不同，若無法直接掃描，
仍可以至以下電腦雲端連結下載收聽。
（https://tinyurl.com/454aaadr）

Unit 01
十字路口 交差点<ruby>こうさてん</ruby>

中野駅

カ·753

⊙ **單語** 你一定要熟記的！

從**十字路口**學到的單字有這些

01. バス 巴士 發音 basu

可以説 バス一台
一輛巴士

活用句 このバスは表参道まで
行きますか。
這輛巴士有到表
參道嗎？

02. タクシー 計程車
發音 takushi

可以説 タクシー一台
一輛計程車

活用句 タクシーが止まった。
計程車停了。

03. トラック 卡車
發音 torakku

可以説 トラック一台
一輛卡車

活用句 田中さんはトラック
運転手です。
田中先生是卡車
司機。

04. 自動車 汽車
發音 jido-sha

可以説 自動車一台
一輛汽車

活用句 自動車から降りる。
下車。

05. オートバイ 機車
也可以説 バイク
發音 o-tobai（baiku）

可以説 オートバイ一台
一輛機車

活用句 オートバイに
乗る。
騎機車。

06. 自転車 腳踏車
發音 jitensha

可以説 自転車一台
一輛自行車

活用句 自転車で走る。 騎自行車

也可以説 自転車に乗る。
騎自行車。

07. 信号 (しんごう) 紅綠燈 [發音] shingo-

[可以説] 信号一つ (しんごうひと)

一個紅綠燈

[活用句] 信号の前で止めてください。 (しんごう まえ と)

請停在紅綠燈前。

08. 交通警察官 (こうつうけいさつかん) 交通警察

[發音] ko-tsu-ke-satsukan

[可以説] 交通警察官一人 (こうつうけいさつかん ひとり)

一個交通警察

[活用句] ほら！交通警察官だ！ (こうつうけいさつ かん)

看！有交通警察！

09. 角（のところ） (かど) 轉角 [發音] kado（notokoro）

[可以説] 角（のところ）にパン屋があります。 (かど や)

轉角處有一間麵包店。

[活用句] 角（のところ）で会いましょうか。 (かど あ)

在轉角處見面吧。

10. 横断歩道 (おうだん ほどう) 斑馬線

[發音] o-danhodo-

[可以説] 横断歩道一つ (おうだん ほ どうひと)

一道斑馬線

[活用句] 横断歩道を渡る。 (おうだん ほ どう わた)

穿越斑馬線。

11. 歩道 (ほ どう) 人行道 [發音] hodo-

[可以説] 歩道一つ (ほ どうひと)

一條人行道

[活用句] この歩道は狭いです。 (ほ どう せま)

這個人行道很窄。

12. 歩行者 (ほ こうしゃ) 行人

[發音] hoko-sha

[可以説] 歩行者二人 (ほ こうしゃ ふ たり)

兩個行人

[活用句] 秋葉原の歩行者天国が有名です。 (あき は ばら ほ こうしゃてんごく ゆうめい)

秋葉原的歩行者天國很有名。

⊙ 短句 （たんく） 你百分百要學的！

與十字路口相關的常見短句看這邊

① 行人要走斑馬線或人行道。
歩行者（ほこうしゃ）は横断歩道（おうだんほどう）を渡（わた）り、歩道（ほどう）を歩（ある）きます。

② 綠燈亮時要快速通過。
青信号（あおしんごう）になったらすばやく渡（わた）ります。

③ 弟弟在十字路口等待綠燈過馬路。
弟（おとうと）が交差点（こうさてん）で信号（しんごう）を待（ま）っています。

④ 十字路口有交通警察在指揮交通。
交差点（こうさてん）で交通警察官（こうつうけいさつかん）が交通整理（こうつうせいり）をしています。

⑤ 車子要禮讓行人優先通過。
車（くるま）は歩行者（ほこうしゃ）を優先（ゆうせん）しなければいけません。

⑥ 轉角有一個老爺爺在等紅綠燈。
角（かど）でおじいさんが信号（しんごう）を待（ま）っています。

⑦ 請問要如何去這個地址？
どうしたらこの住所（じゅうしょ）まで行（い）けますか？

⑧ 前面轉角處有巴士站牌。
前（まえ）の曲（ま）がり角（かど）にバス停（てい）があります。

⑨ 麻煩你！我要在前面路口下車。
すみません。前（まえ）の交差点（こうさてん）で降（お）ります。

⑩ 這條道路來往車子很多。
この道（みち）は車（くるま）の往来（おうらい）が激（はげ）しいです。

○ 會話　你絕對要會說的！

從十字路口裡常會出現的對話

友人A
この交差点は車が多いですね。

譯 這個**十字路口**車子好多呀。

友人B
そうですね。広いですから、いろいろな車がここを通っています。

譯 對呀，這路口蠻大的，所以各種車子都會通過這裡。

友人A
バスやタクシー、自動車、トラック、本当に多いですね。

譯 有**巴士**、**計程車**、**汽車**、**卡車**，真的還蠻多的。

友人B
オートバイも多いですから、危ないです。

譯 連**機車**也很多，好危險。

友人A
ほら、あそこで交通警察官が交通整理をしていますよ。

譯 你看，那邊有**交通警察**在指揮交通耶。

友人B
今車が多いですから、渡れません。

譯 現在車太多，不能過去。

友人A
今は赤信号なので、もうすこし待ちましょう。

譯 而且現在也是紅燈，我們再等一等吧。

友人B
はい。歩行者は歩道を歩いたり、横断歩道を渡ったほうが安全です。

譯 嗯，**行人**還是要走**人行道**或是**斑馬線**才安全。

友人A
青信号になりました。さあ、行きましょう。

譯 變**綠燈**了，那麼我們走吧。

Unit 02
飛機上 飛行機
ひこうき

○ 單語 _{たんご} 你一定要熟記的！

從**飛機上**學到的單字有這些

01. 読む _よ 閱讀 發音 yomu

可以説 本を読む。 _{ほん よ}
看書。

活用句 毎朝新聞を読ん _{まいあさしんぶん よ}
でいる。
每天早上都看報紙。

02. 窓側の席 _{まどがわ せき} 靠窗座位

發音 madogawanoseki

可以説 窓側の席一つ _{まどがわ せきひと}
一個靠窗座位

活用句 窓側の席をお願いしま _{まどがわ せき ねが}
す。
請給我靠窗
座位。

03. 通路側の席 _{つうろがわ せき} 走道座位

發音 tsu-rogawanoseki

可以説 通路側の席一つ _{つうろがわ せきひと}
一個走道座位

活用句 通路側の席をお願いし _{つうろがわ せき ねが}
ます。
請給我走道
座位。

04. 座る _{すわ} 坐 發音 suwaru

可以説 椅子に座る。 _{いす すわ}
坐椅子。

活用句 ここに座って _{すわ}
ください。
請坐在這裡。

05. 飲み物 _{の もの} 飲料

發音 nomimono

可以説 飲み物一杯 _{の ものいっぱい}
一杯飲料

活用句 この飲み物の名前を教 _{の もの なまえ おし}
えて下さい。 _{くだ}
請告訴我這個飲料
的名字。

06. 毛布 _{もうふ} 毛毯

也可以説 ブランケット

發音 mo-fu（buranketto）

可以説 毛布三枚 _{もう ふ さんまい}
三張毛毯

活用句 毛布の生地がいいで _{もう ふ きじ}
す。
毛毯的材質很好。

07. 荷物（にもつ）　行李　發音 nimotsu

可以説　荷物四（にもつよっ）つ
四件行李

活用句　荷物（にもつ）を持（も）てあげましょうか。
我幫你拿行李吧。

08. おしぼり　濕紙巾　發音 oshibori

可以説　おしぼり六枚（ろくまい）
六條濕紙巾

活用句　おしぼりで手（て）を拭（ふ）く。
用濕紙巾擦手。

09. トランプ　撲克牌　發音 toranpu

可以説　トランプ五十二枚（ごじゅうにまい）
五十二張撲克牌

活用句　トランプの遊（あそ）び方（かた）を教（おし）えてください。
請教我撲克牌的玩法。

10. ヘッドフォン　耳機　發音 heddofon

可以説　ヘッドフォン一（ひと）つ
一副耳機

活用句　私（わたし）のヘッドフォンは安（やす）いです。
我的耳機很便宜。

11. アイマスク　眼罩　發音 aimasuku

可以説　アイマスク二（ふた）つ
兩副眼罩

活用句　アイマスクを掛（か）ける。
戴眼罩。

12. 客室乗務員（きゃくしつじょうむいん）　空服員　發音 kyakushitsujo-muin

可以説　客室乗務員三人（きゃくしつじょうむいんさんにん）
三個空服員

活用句　客室乗務員（きゃくしつじょうむいん）になりたがっています。
想當空服員。

⊙ 短句 （たんく） 你百分百要學的！

與飛機上相關的常見短句看這邊

① 飛機上有提供報紙跟雜誌給乘客。
機内（きない）ではお客様（きゃくさま）に新聞（しんぶん）や雑誌（ざっし）のサービスがあります。

② 大型行李不可以自行提上飛機需要托運。
大型（おおがた）の荷物（にもつ）は機内（きない）に持（も）ち込（こ）めません。預（あず）ける必要（ひつよう）があります。

③ 空服員很親切的服務乘客。
客室乗務員（きゃくしつじょうむいん）はお客様（きゃくさま）に心（こころ）のこもったサービスを提供（ていきょう）しています。

④ 鈴木小姐喜歡坐在靠窗戶的位置。
鈴木（すずき）さんは窓側（まどがわ）の席（せき）に座（すわ）るのが好（す）きです。

⑤ 不可以在飛機上的走道玩耍。
飛行機内（ひこうきない）の通路（つうろ）で遊（あそ）んではいけません。

⑥ 飛機上有提供餐點及飲料。
機内（きない）には食事（しょくじ）や飲（の）み物（もの）のサービスがあります。

⑦ 想要休息時可以跟空服員要眼罩及毛毯。
休（やす）みたい時（とき）は客室乗務員（きゃくしつじょうむいん）からアイマスクとブランケットをもらえます。

⑧ 山本先生喜歡戴著耳機聽音樂。
山本（やまもと）さんはヘッドフォンをして音楽（おんがく）を聞（き）くことが好（す）きです。

⑨ 請給我一杯熱茶。
熱（あつ）いお茶（ちゃ）をお願（ねが）いします。

⑩ 飛機起飛時要繫安全帶，不可以離開座位。
飛行機（ひこうき）が離陸（りりく）する時（とき）は、シートベルトをして、席（せき）を離（はな）れてはいけません。

⑪ 靠窗的位置風景很好。
窓側（まどがわ）の席（せき）は眺（なが）めがいいです。

◉ 會話 你絕對要會説的！

從飛機上裡常會出現的對話

客室乗務員
おはようございます。お客様の席は窓側の席でございます。

譯 早安！這位乘客您的座位是靠窗座位。

乗客A
新聞を読みたいんですが、朝日新聞をくださいませんか。

譯 我想看報紙，可以給我朝日新聞嗎？

客室乗務員
はい。どうぞ。

譯 好的。這是給您的。

客室乗務員
お席に座った後は、シートベルトのご着用をお願いいたします。

譯 坐好後，請繫上您的安全帶。

客室乗務員
荷物は座席の下、または上の共用収納棚のご利用をお願いいたします。

譯 行李請放至座位下方，或是請利用上方的共用收納層。

乗客B
あのう、すみません。アイマスクとブランケットはありますか。

譯 不好意思，請問有眼罩和毛毯嗎？

客室乗務員
はい、ございます。すぐお持ちいたしますので、少々お待ちください。

譯 有的，我馬上拿來，請您稍候。

客室乗務員
お飲み物はいかがですか。紅茶かコーヒーはいかがですか。

譯 要喝點飲料嗎？紅茶或者咖啡怎麼樣呢？

乗客C
コーヒーをください。

譯 請給我咖啡。

Unit 03
車站<ruby>駅<rt>えき</rt></ruby>

⊙ 單語 ^{たんご} 你一定要熟記的！

從**車站**學到的單字有這些

01. 駅 ^{えき} 車站　發音 eki

[可以説] 駅一つ ^{えきひと}
一個車站

[活用句] 東京駅 ^{とうきょうえき} から新幹線 ^{しんかんせん} に乗 ^の る。
從東京站開始搭新幹線。

02. 切符売り場 ^{きっぷうば} 售票處

發音 kippuuriba

[可以説] 切符売り場一つ ^{きっぷうばひと}
一個售票處

[活用句] 切符売り場 ^{きっぷうば} で切 ^{きっ} 符 ^ぷ を買 ^か った。
在售票處買了票

03. コインロッカー

寄物櫃　發音 koinrokka-

[可以説] コインロッカー九 ^{ここの} つ
九個寄物櫃

[活用句] コインロッカーに荷物 ^{にもつ} を預 ^{あず} けた。
我把行李放在寄物櫃裡。

04. ホーム 月台　發音 ho-mu

[可以説] ホーム一本 ^{いっぱん}
一個月台

[活用句] ホームで友達 ^{ともだち} を待 ^ま った。
在月台等朋友。

05. レール 鐵軌　發音 re-ru

[可以説] レール一本 ^{いっぽん}
一條鐵軌

[活用句] このレールの長 ^{なが} さは1000メートルです。
這鐵軌的長度是1000公尺。

06. 改札口 ^{かいさつぐち} 剪票口

發音 kaisatsuguchi

[可以説] 改札口三 ^{かいさつぐちみっ} つ
三個剪票口

[活用句] 切符 ^{きっぷ} を切 ^き る所 ^{ところ} を改札口 ^{かいさつぐち} と呼 ^よ ぶ。
剪票的地方叫做剪票口。

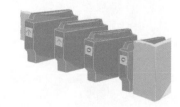

07. 駅員 <ruby>駅員<rt>えきいん</rt></ruby> 站員 [發音] ekiin

[可以説] <ruby>駅員一人<rt>えきいん ひとり</rt></ruby>
一個站員

[活用句] <ruby>駅員<rt>えきいん</rt></ruby>に<ruby>尋<rt>たず</rt></ruby>ねる。
詢問站員。

08. 路線図 <ruby>路線図<rt>ろせんず</rt></ruby> 路線圖 [發音] rosenzu

[可以説] <ruby>路線図一枚<rt>ろせんず いちまい</rt></ruby>
一張路線圖

[活用句] <ruby>路線図<rt>ろせんず</rt></ruby>はネットで<ruby>見<rt>み</rt></ruby>ることができる。
可以在網路上看路線圖。

09. 時刻表 <ruby>時刻表<rt>じこくひょう</rt></ruby> 時刻表 [發音] jikokuhyo-

[可以説] <ruby>時刻表二枚<rt>じこくひょう にまい</rt></ruby>
兩張時刻表

[活用句] <ruby>時刻表<rt>じこくひょう</rt></ruby>で<ruby>調<rt>しら</rt></ruby>べる。
查時刻表。

10. 自動券売機 <ruby>自動券売機<rt>じどうけんばいき</rt></ruby> 自動售票機 [發音] jido-kenbaiki

[可以説] <ruby>自動券売機五台<rt>じどうけんばいき ごだい</rt></ruby>
五台自動售票機

[活用句] <ruby>自動券売機<rt>じどうけんばいき</rt></ruby>で<ruby>切符<rt>きっぷ</rt></ruby>を<ruby>買<rt>か</rt></ruby>う。
用自動售票機買票。

11. 買う <ruby>買<rt>か</rt></ruby> 買 [發音] kau

[可以説] これを<ruby>買<rt>か</rt></ruby>う。
買這個。

[活用句] <ruby>昨日辞書<rt>きのう じしょ</rt></ruby>を<ruby>買<rt>か</rt></ruby>った。
昨天買了字典。

12. 待合室 <ruby>待合室<rt>まちあいしつ</rt></ruby> 候車室 [發音] machiaishitsu

[可以説] <ruby>待合室一室<rt>まちあいしつ いっしつ</rt></ruby>
一間候車室

[活用句] <ruby>待合室<rt>まちあいしつ</rt></ruby>でタバコを<ruby>吸<rt>す</rt></ruby>わないでください。
請不要在候車室吸菸。

⊙ 短句 ^{たんく} 你百分百要學的！

與**車站**相關的常見短句看這邊

① 大家安靜的坐在候車室等車。
みんな静かに待合室で電車を待っています。

② 田中先生從東京搭乘新幹線到靜岡。
田中さんは東京から新幹線に乗って静岡へ行きました。

③ 我在售票處買了2張到上野的車票。
切符売り場で上野までの切符を二枚買いました。

④ 很多人在東京車站搭乘新幹線。
たくさんの人が東京駅で新幹線に乗ります。

⑤ 搭乘電車前要先看好路線圖。
電車に乗る前に路線図をきちんと見ておきます。

⑥ 使用自動售票機買票快速又方便。
自動券売機は切符が速く買えて便利です。

⑦ 看時刻表可以知道出發時間及到達目的地的時間。
時刻表を見れば、出発時間と到着時間がわかります。

⑧ 要去月台搭車需先通過剪票口。
ホームで電車に乗る前に、改札口を通らなければなりません。

⑨ 新幹線上有賣便當跟飲料。
新幹線ではお弁当や飲み物を売っています。

⑩ 月台裡有販賣部，非常方便。
ホームにはキヨスクがあって、とても便利です。

⑪ 遇到問題可以詢問站員。
困ったことがあったら駅員に聞けます。

⊙ 會話 你絕對要會說的！

從**車站**裡常會出現的對話

観光客A
日本の電車路線はとても複雑ですね。

譯 日本的電車路線好複雜喔。

観光客B
そうですね。路線図を持っていても、どう乗るか全然分かりません。

譯 對呀，就算有了**路線圖**，還是不知道該怎麼搭。

観光客A
まずは時刻表を確認しましょうか。

譯 我們先確認一下**時刻表**好了。

観光客B
浅草行きの電車は9時10分発です。

譯 到淺草的電車是9點10分出發。

観光客A
ここに自動券売機があります。これを使って切符を買いましょう。

譯 這邊有**自動售票機**，我們用這個**買**票吧。

観光客B
買いました。じゃあ、改札口から入りましょう。

譯 買好了，我們從**剪票口**進去吧。

観光客A
何番ホームですか。

譯 是第幾**月台**呢？

観光客B
1番ホームです。

譯 是第一**月台**。

観光客A
駅の中に売店がありますね。

譯 **車站**裡面有小商店耶。

観光客B
飲み物を買いに行きましょう。

譯 我們去買個喝的吧。

Unit 04
電車上 <ruby>電車<rt>でんしゃ</rt></ruby>

▶下北沢 ▶世田古代田

⊙ **單語** 你一定要熟記的！

從電車上學到的單字有這些

01. 手すり　扶手　發音 tesuri

可以説 **手すり一本**
一根扶手
活用句 **手すりを握る。**
握住扶手。

02. 席　座位　發音 seki

可以説 **席一つ**
一個座位
活用句 **部長 は席を外してい
る。**
部長現在不在座位上。

03. 乗客　乗客　發音 jo-kyaku

可以説 **乗客一人**
一個乗客
活用句 **隣の乗客と話す。**
和隔壁的乗客説話。

04. ドア　車門　發音 doa

可以説 **ドア一枚**
一扇車門
活用句 **これは自動ド
アです。**
這是自動門。

05. 切符　車票　發音 kippu

可以説 **切符七枚**
七張車票
活用句 **切符は1200円です。**
車票是1200日圓。

06. 非常口　逃生出口
發音 hijo-guchi

可以説 **非常口三つ**
三個逃生出口
活用句 **非常口はどこですか？**
逃生出口在哪裡？

07. 風景　風景　發音 fu-ke-

可以説　風景を見る。
看風景。

活用句　外の風景は美しいです。
外面的風景很美。

08. 荷物棚　行李架
也可以説　網棚
發音 nimotsudana（amidana）

可以説　荷物棚二つ
兩個行李架

活用句　荷物を荷物棚に置く。
把行李放在行李架。

09. シルバー席　博愛座
也可以説　シルバーシート
發音 shiruba-seki（shiru-shi-to）

可以説　シルバー席四つ
四個博愛座

活用句　シルバー席に座らないでください。
請不要坐博愛座。

10. 車内案内表示機
LED 跑馬燈
發音 shanaiannaihyo-jiki

可以説　車内案内表示機二台
兩台LED跑馬燈

活用句　車内案内表示機を見る。
看LED跑馬燈。

11. 車掌　車掌　發音 shasho-

可以説　車掌一人
一個車掌

活用句　車掌に聞く。
問車掌。

12. 吊り革　拉環
發音 tsurikawa

可以説　吊り革一つ
一個拉環

活用句　吊り革を握って立ってる。
握著拉環站著。

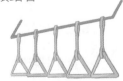

與電車上相關的常見短句看這邊

① 弟弟坐電車時喜歡看著外面的風景。

でんしゃ　の　　　　とき　おとうと　そと　けしき　み　　　す
電車に乗っている時、弟は外の景色を見るのが好きです。

② 惠子小姐在電車上讓座位給老太太。

けいこ　　　　でんしゃ　なか　　　　　　　　　せき　ゆず
惠子さんは電車の中でおばあさんに席を譲りました。

③ 遇到老爺爺、老奶奶、孕婦、小朋友要讓座。

　　　　　　　　　　　　　　　　　　にんぷ　　　　こども　　せき　ゆず
おじいさん、おばあさん、妊婦さんや子供には席を譲りましょう。

④ 在電車上沒座位時，要握好扶手或拉環以免跌倒。

せき　　　た　　　　　　とき　　ころ　　　　　　　　　　　　　て　　　　つ
席がなく立っている時は、転ばないように、きちんと手すりや吊り

かわ　にぎ
革を握りましょう。

⑤ 車掌不定時會來檢查乘客的車票。

しゃしょう　ときおり　じょうきゃく　きっぷ　けんさ　　　き
車掌が時折、乗客の切符を検査しに来ます。

⑥ 電車每節車廂都有博愛座，是給老弱婦孺坐的。

　　　　しゃりょう　　　　　　　　　　　　　　　　　　　　　　としよ　　　にんぷ
どの車両にもシルバーシートがあります、それはお年寄り、妊婦、

こどもよう
子供用です。

⑦ 電車上有LED跑馬燈顯示到站訊息。

でんしゃ　　　とうちゃく　し　　　　しゃないあんないひょうじき
電車には到着を知らせる車内案内 表示機があります。

⑧ 電車上有行李架可以放置行李。

でんしゃ　　にもつお　　　　　　あみだな
電車には荷物置きのための網棚があります。

⑨ 電車裡都會具備逃生出口與消防器具。

でんしゃ　なか　　ひじょうぐち　しょうぼうせつび
電車の中には非 常口や消防設備があります。

⑩ 雖然是自動門，但是還是要小心不要被夾到。

じどう　　　　　　　はさ　　　　　　　　ちゅうい
自動ドアですが、挟まらないように注意はしましょう。

⊙ 會話（かいわ） 你絕對要會説的！

從電車上裡常會出現的對話

観光客A（かんこうきゃく）
空（あ）いている席（せき）がありますね。あそこに座（すわ）りましょう。

> 譯 有空的座位耶，我們去坐那邊吧。

観光客B（かんこうきゃく）
あれはシルバー席（せき）です。座（すわ）らないほうがいいですよ。

> 譯 那個是博愛座，我們不要坐比較好喔。

観光客A（かんこうきゃく）
そうですか。では、立（た）つしかありませんね。

> 譯 這樣呀，那我們就只好站著了。

観光客A（かんこうきゃく）
私（わたし）たちのリュックは荷物棚（にもつだな）に置（お）いてもいいですか。

> 譯 我們的背包可以放在行李架上嗎？

観光客B（かんこうきゃく）
いいですよ。

> 譯 可以呀。

観光客A（かんこうきゃく）
窓（まど）から見（み）える風景（ふうけい）はきれいですね。

> 譯 窗戶看出去的風景真漂亮呀。

観光客B（かんこうきゃく）
ドアの近（ちか）くに立（た）つ時（とき）は、気（き）をつけてね。

> 譯 站在車門邊要小心喔。

観光客A（かんこうきゃく）
乗客（じょうきゃく）がどんどん多（おお）くなって、車内（しゃない）は狭（せま）くなりました。

> 譯 乘客越來越多了，車內變好擠。

観光客A（かんこうきゃく）
車内案内表示機（しゃないあんないひょうじき）に次（つぎ）は浅草（あさくさ）だと表示（ひょうじ）されていますよ。

> 譯 跑馬燈上顯示下一站是淺草耶。

観光客B（かんこうきゃく）
では、そろそろ降（お）りる準備（じゅんび）をしましょう。

> 譯 那麼，我們差不多準備要下車了。

PART 3
飲食文化

Unit 01

飯店早餐 ホテルの朝食（ちょうしょく）

⊙ 單語(たんご) 你一定要熟記的！

從**飯店早餐**學到的單字有這些

01. パンケーキ 鬆餅
發音 panke-ki

可以說 パンケーキ一(ひと)つ
一個鬆餅

活用句 パンケーキとはフライパンで両面(りょうめん)を焼(や)いた料理(りょうり)です。
鬆餅是用平底鍋兩面煎而成的料理。

02. ミルクティー 奶茶
發音 mirukuti-

可以說 ミルクティー一杯(いっぱい)
一杯奶茶

活用句 このミルクティーは甘(あま)いです。
這奶茶很甜。

03. サンドイッチ
三明治 發音 sandoicchi

可以說 サンドイッチ二(ふた)つ
兩個三明治

活用句 今日(きょう)の朝食(ちょうしょく)はサンドイッチです。
今天早餐吃三明治。

04. 豆乳(とうにゅう) 豆漿 發音 to-nyu-

可以說 豆乳二杯(とうにゅうにはい)
兩杯豆漿

活用句 豆乳(とうにゅう)はからだにいい飲(の)み物(もの)です。
豆漿是對身體很好的飲料。

05. 食(た)べる 吃 發音 taberu

可以說 お菓子(かし)を食(た)べる。
吃零食。

活用句 お菓子(かし)を食(た)べない。
不吃零食。

06. ベーグル 貝果
發音 be-guru

可以說 ベーグル三(みっ)つ
三個貝果

活用句 苺(いちご)ベーグルがおいしいです。
草莓貝果很好吃。

07. ソーセージ 熱狗

發音 so-se-ji

可以説 ソーセージ一本
一根熱狗

活用句 このソーセージはちょっと辛いです。
這熱狗有點辣。

08. ベーコン 培根

發音 be-kon

可以説 ベーコン五枚
五片培根

活用句 ベーコンを焼くと油が飛び散る。
煎培根時油會四處飛散。

09. 目玉焼き 荷包蛋

發音 medamayaki

可以説 目玉焼き六つ
六顆荷包蛋

活用句 目玉焼きに醤油をかける。
在荷包蛋上加醬油。

10. コーンフレーク

穀片 發音 ko-nfure-ku

可以説 コーンフレーク三杯
三杯穀片

活用句 コーンフレークは牛乳や豆乳をかければすぐに食べることができる。
穀片加了牛奶或豆漿後就可以馬上吃了。

11. ハム 火腿 發音 hamu

可以説 ハム一枚
一片火腿

活用句 これは燻製ハムです。
這是煙燻火腿。

12. ジュース 果汁

發音 ju-su

可以説 ジュース四杯
四杯果汁

活用句 ジュースとは果物や野菜の汁のことです。
果汁指的是水果或蔬菜汁。

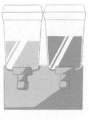

與飯店早餐相關的常見短句看這邊

① 很多飯店裡的早餐都採自助式的。

ホテルの朝食は、ビュッフェ形式が多いです。

② 妹妹最喜歡吃荷包蛋加番茄醬。

妹 は目玉焼きにケチャップをかけるのが大好きです。

③ 貝果加上草莓果醬好吃極了！

ベーグルにイチゴジャムは、最高においしいです。

④ 媽媽説一次不要拿太多，吃完再拿不要浪費食物。

母は、一度に多く取らないで食べ終わったら取って、食べ物を無駄にしないようにと言いました。

⑤ 爸爸早餐喜歡喝豆漿配三明治再加個荷包蛋。

父は朝ごはんに豆乳とサンドイッチ、そして目玉焼きを食べるのが好きです。

⑥ 這間飯店早餐很有名，很多名人來這邊吃早餐。

このホテルの朝ごはんは有名で、色々な人がこのホテルへ朝ごはんを食べに来ます。

⑦ 爸爸吃早餐時喜歡看報紙。

父は朝ごはんの時に、新聞を読むのが好きです。

⑧ 早餐很重要，是一天活力的來源。

朝ごはんは大事な一日のパワーの源です。

⑨ 我今天的早餐是一杯果汁加2片火腿跟一塊鬆餅。

私の今日の朝ごはんは、ジュース一杯に二枚のハム、それとパンケーキ一枚です。

Part 3 飲食文化

⊙ **會話** 你絕對要會說的！

從**飯店早餐**裡常會出現的對話

おはようございます。

> 譯 早安。

おはよう。昨日はよく眠れましたか。

> 譯 早。昨晚有睡好嗎？

はい、昨日寝る前にお風呂に入りましたので、よく眠れました。

> 譯 嗯，昨晚睡前有去泡個澡，所以睡得很好。

さあ、一緒に朝食を食べに行きましょう。このホテルの朝食はビュッフェ形式です。

> 譯 那麼我們一起去**吃**早餐吧。這間飯店的早餐是採自助式的。

わあ、料理とジュースの種類が多いですね。

> 譯 哇，料理和**果汁**的種類好多喔。

卵はどのように料理しましょうか。

> 譯 請問您想怎麼料理雞蛋？

目玉焼きにしてください。

> 譯 請幫我做成**荷包蛋**。

パンケーキ、ベーグル、ソーセージ、ハム、全部取りたいです。

> 譯 **鬆餅**、**貝果**、**熱狗**、**火腿**，我想要全部都拿。

たくさん取らないようにね、食べ終わってからまた取ればいいですよ。

> 譯 東西不要一次拿太多，吃完再拿就好了。

Unit 02
速食店 ファーストフード

⊙ **單語** 你一定要熟記的！
從**速食店**學到的單字有這些

01. 飲む 喝 發音 nomu

可以説 **お茶を飲む。**
喝茶。

活用句 **緑茶を飲む。**
喝綠茶。

02. コーラ 可樂 發音 ko-ra

可以説 **コーラ一本**
一瓶可樂

活用句 **コーラは炭酸飲料です。**
可樂是碳酸飲料。

03. フライドポテト
薯條 發音 furaidopoteto

可以説 **フライドポテト二本**
兩根薯條

活用句 **フライドポテトを食べすぎて、太った。**
吃太多薯條變胖了。

04. バーガー 漢堡（點
バーガー通常前面會加上口味）
也可以説 **ハンバーガー**
發音 ba-ga-（hanba-ga）

可以説 **バーガー一つ**
一個漢堡

活用句 **チーズバーガーを一つください。**
請給我一個起司漢堡。

05. チキンナゲット
雞塊 發音 chikinnagetto

可以説 **チキンナゲット六個**
六塊雞塊

活用句 **チキンナゲットは大人にも子供にも大人気です。**
雞塊在大人和小孩中都很有人氣。

06. フライドチキン
炸雞 發音 furaidochikin

可以説 **フライドチキン三つ**
三塊炸雞

活用句 **この店の人気メニューはフライドチキンです。**
這家店的人氣菜單是炸雞。

084

07. アップルパイ
蘋果派　發音 appurupai

可以説 **アップルパイ四つ**
四個蘋果派

活用句 **アップルパイは林檎を包んだパイです。**
蘋果派是包蘋果的派。

08. サンデー　聖代
發音 sande-

可以説 **サンデー八つ**
八份聖代

活用句 **チョコレートサンデーとイチゴサンデーと、どちらが好きですか。**
巧克力聖代和草莓聖代，喜歡哪個呢？

09. ソフトクリーム
雙淇淋　發音 sofutokuri-mu

可以説 **ソフトクリーム九つ**
九根霜淇淋

活用句 **ソフトクリームは濃厚でおいしいですね。**
霜淇淋味道濃厚很好吃耶。

10. レモンティー
檸檬茶　發音 remonti-

可以説 **レモンティー三杯**
三杯檸檬茶

活用句 **レモンティーの香りはさわやかです。**
檸檬茶的香氣很清爽。

11. 店員　店員　發音 tenin

可以説 **店員一人**
一個店員

活用句 **お店に親切な店員がいます。**
店裡有很親切的店員。

12. レジ　收銀機　發音 reji

可以説 **レジ一台**
一台收銀機

活用句 **レジが開かない。**
收銀機打不開。

與**速食店**相關的常見短句看這邊

① 今天的優惠組合餐是一個漢堡加薯條，還有可樂。

今日（きょう）のスペシャルセットはハンバーガーにフライドポテト、コーラがついています。

② 收銀機前的店員微笑的跟客人打招呼。

レジの店員（てんいん）が微笑（ほほえ）みながら、お客（きゃく）さまに挨拶（あいさつ）をしています。

③ 炸雞有分辣跟不辣的喔！

フライドチキンは辛（から）いのと辛（から）くないのがありますよ！

④ 草莓聖代跟巧克力聖代你要哪一種口味？

いちごサンデーとチョコサンデー、どちらにしますか？

⑤ 兒童餐有雞塊、薯條、可樂、還有玩具耶。

お子様（こさま）セットにはナゲット、フライドポテト、コーラ、それにおもちゃがついてるよ。

⑥ 這家速食店的冰淇淋牛奶味道很濃郁很好吃。

このファーストフード店（てん）のアイスはミルクの味（あじ）が濃（こ）くておいしいです。

⑦ 雙層漢堡好大，我一個人是吃不完的。

ダブルバーガーが大（おお）きすぎて、一人（ひとり）では食（た）べられません。

⑧ 我要一份9塊炸雞的家庭餐。

フライドチキン9個（こ）入（い）りのファミリーセットをください。

⑨ 在速食店外帶餐點，很方便又快速。

ファーストフード店のテイクアウトは便利で速いです。

⑩ 我不喜歡喝可樂，但是我喜歡喝檸檬茶。

コーラは好きじゃないけど、レモンティーは好きです。

⊙ 會話 你絕對要會說的！

從速食店裡常會出現的對話

店員 いらっしゃいませ。ご注文は？

> 譯 歡迎光臨。請問要點什麼？

お客 ダブルクォーターパウンダー・チーズをひとつください。

> 譯 我想要一個雙層牛肉吉事堡。

店員 セットでいかがですか。

> 譯 您要不要參考套餐呢？

お客 セットには何がついていますか。

> 譯 套餐有附什麼？

店員 セットにはバーガー、フライドポテトMサイズとドリンクMサイズがついています。

> 譯 套餐是一個漢堡，還有一份中薯及一杯中杯飲料。

お客 値段はそれぞれいくらですか。

> 譯 那價錢各是多少？

店員 単品は490円で、セットは790円となります。

> 譯 單點是490日圓，套餐是790日圓。

お客 じゃあ、セットでお願いします。

> 譯 那請給我套餐。

店員 はい。お飲み物は何になさいますか。

> 譯 好的，那請問飲料要喝哪一種？

お客 コーラーです。

> 譯 我要可樂。

Part 3 飲食文化

ほかにご 注文<ruby>注文<rt>ちゅうもん</rt></ruby>はございますか。

譯 還有需要什麼嗎？

 えっと、ソフトクリームひとつと、アップルパイひと
つ、あとはチョコレートサンデーひとつです。

譯 嗯，我還要一個霜淇淋、蘋果派、巧克力聖代。

 かしこまりました。それでは、全部で1140円でござい
ます。

譯 好的，這樣一共是 1140 日圓。

Unit 03
餐廳 レストラン

⊙ **單語** ^{たんご} 你一定要熟記的！

從**餐廳**學到的單字有這些

01. 注文する ^{ちゅうもん} 點菜
發音 chu-monsuru

可以説 レストランで注文する。^{ちゅうもん}
在餐廳點菜。

活用句 ご注文はお決まりですか。^{ちゅうもん き}
決定要點什麼了嗎？

02. メニュー 菜單
發音 menyu-

可以説 メニュー一枚^{いちまい}
一張菜單

活用句 最も好きな夕食のメニューは何ですか。^{もっ す ゆうしょく なん}
最喜歡的晚餐菜色是什麼？

03. フォーク 叉子
發音 fo-ku

可以説 フォーク一本^{いっぽん}
一支叉子

活用句 フォークが落ちた。^お
叉子掉了。

04. ナイフ 刀子 發音 naifu

可以説 ナイフ二本^{に ほん}
兩把刀子

活用句 ナイフを並べる。^{なら}
排刀子。

05. ナプキン 餐巾
發音 napukin

可以説 ナプキン三枚^{さんまい}
三張餐巾

活用句 ナプキンを折り畳む。^{お たた}
折餐巾。

06. ウェイター 服務生
發音 weita-

可以説 ウェイター一人^{ひとり}
一個服務生

活用句 ウェイターを呼ぶ。^よ
叫服務生。

07. ビスク　濃湯　發音 bisuku

可以説 ビスク一杯^{いっぱい}
一碗濃湯

活用句 蟹^{かに}のビスクを作^{つく}ってみた。
試做了蟹肉濃湯。

08. パンバスケット
麺包籃　發音 panbasuketto

可以説 パンバスケット三^{みっ}つ
三個麵包籃

活用句 かわいいパンバスケットを購入^{こうにゅう}した。
買了可愛的麵包籃。

09. ゴブレット　高腳杯
發音 goburetto

可以説 ゴブレット七^{なな}つ
七個高腳杯

活用句 これは耐熱^{たいねつ}ゴブレットガラスです。
這是耐熱的高腳杯。

10. ワイン　葡萄酒
發音 wain

可以説 ワイン一本^{いっぽん}
一瓶葡萄酒

活用句 赤^{あか}ワインと白^{しろ}ワインの違^{ちが}いを教^{おし}えてください。
請告訴我紅酒和白酒的差別。

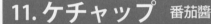

11. ケチャップ　番茄醬
發音 kechappu

可以説 ケチャップ三本^{さんぼん}
三瓶番茄醬

活用句 コロッケにケチャップをかける。
在可樂餅上加番茄醬。

12. ステーキ　牛排
發音 sute-ki

可以説 ステーキ一^{ひと}つ
一客牛排

活用句 ステーキの焼^やき加減^{かげん}はどうされますか。
牛排的熟度要怎麼樣呢？

與**餐廳**相關的常見短句看這邊

① 服務生很有禮貌的為客人帶位。

ウェイターが礼儀正しくお客様を席へ案内しました。

② 菜單裡面有招牌菜。

メニューにおすすめの料理があります。

③ 這家店只賣牛排跟濃湯，生意卻很好。

この店はステーキとビスクしか売っていないのに、繁盛しています。

④ 在上主食之前請先來瓶葡萄酒，謝謝！

すみません。メインディッシュの前にワインをお願いします。

⑤ 餐巾可以鋪在大腿上比較不會弄髒衣服。

ナプキンを膝の上に置けば、服が汚れません。

⑥ 請問你的牛排要搭配什麼醬汁？

ステーキにかけるソースは、何になさいますか？

⑦ 這家餐廳的服務生態度很好很親切。

このレストランのウェイターは態度が良く、親切です。

⑧ 吃牛排需要使用刀子跟叉子。

ステーキを食べるには、ナイフとフォークが必要です。

⑨ 料理的速度很快，不一會兒就開始上菜了。

料理を作るスピードが速くて、あっという間に料理が来ました。

⑩ 薯條沾番茄醬特別好吃。

フライドポテトにケチャップをつけると一層おいしいです。

⑪ 餐廳裡有樂隊演奏，真是有氣氛。

レストランには生演奏があり、ムードがいいです。

⊙ 會話　你絕對要會說的！

從餐廳裡常會出現的對話

ウェイター
いらっしゃいませ。何名様ですか。
譯 歡迎光臨。請問幾位呢？

カップル男
二人です。
譯 兩位。

ウェイター
はい、お席へご案内いたします。どうぞこちらへ。
譯 好的，我來帶位。請往這兒走。

ウェイター
こちらはメニューでございます。ご注文はお決まりでしょうか。
譯 這是菜單。請問兩位決定要點些什麼了嗎？

カップル男
ステーキを二人前ください。
譯 請給我兩份牛排。

ウェイター
はい、少々お待ちください。すぐお料理をお持ちいたします。
譯 好的，請稍後，馬上為您送來料理。

ウェイター
こちらはビスクでございます。どうぞごゆっくり。
譯 這是濃湯，請慢用。

カップル女
テーブルにフォークとナイフがたくさんありますね。どう使えばいいんですか。
譯 桌上好多刀叉呀。要怎麼使用呢？

カップル男
基本的には外から中へ順番に使えばいいです。左手はフォーク、右手はナイフです。
譯 基本上由外向內依序使用就可以了，左手是叉子，右手是刀子。

ウェイター
お待たせいたしました。ご注文のステーキでございます。
譯 讓您久等了，這是二位點的牛排。

Unit 04
麵包店 パン屋

⊙ 単語(たんご) 你一定要熟記的！

從麵包店學到的單字有這些

01. パン屋(や) 麵包店
發音 panya

可以説 パン屋(や)一軒(いっけん)
一間麵包店

活用句 パン屋(や)が閉店(へいてん)しました。
麵包店關門了。

02. クロワッサン
牛角麵包　發音 kurowassan

可以説 クロワッサン一個(いっこ)
一個牛角麵包

活用句 クロワッサンをちぎる。
把牛角麵包撕成小塊。

03. 食(しょく)パン 吐司
發音 shokupan

可以説 食(しょく)パン一斤(いっきん)
一條吐司

活用句 食(しょく)パンを袋(ふくろ)に入(い)れる。
把吐司放進袋子裡。

04. 焼(や)きそばパン
炒麵麵包　發音 yakisobapan

可以説 焼(や)きそばパン一個(いっこ)
一個炒麵麵包

活用句 焼(や)きそばパンはパンにソース焼(や)きそばを挟(はさ)んだパンです。
炒麵麵包是在麵包裡夾入炒麵的麵包。

05. カレーパン 咖哩麵包
發音 kare-pan

可以説 カレーパン一個(いっこ)
一個咖哩麵包

活用句 このカレーパンは不味(まず)いです。
這個咖哩麵包不好吃。

06. 餡(あん)パン 豆沙麵包
發音 anpan

可以説 餡(あん)パン一個(いっこ)
一個豆沙麵包

活用句 餡(あん)パンの餡(あん)の種類(しゅるい)はいっぱいある。
豆沙麵包的餡有很多種類。

098

07. カツパン　猪排麵包
發音 katsupan

可以説 カツパン一個いっこ
一個猪排麵包

活用句 このカツパンはでかいです。
這個猪排麵包很大。

08. ホットドッグ
熱狗麵包　發音 hottodoggu

可以説 ホットドッグ一個いっこ
一個熱狗麵包

活用句 ホットドッグ大食おおぐい大会たいかいに参加さんかした。
參加了熱狗麵包大胃王比賽。

09. コロッケパン
炸肉餅麵包
發音 korokkenpan

可以説 コロッケパン一個いっこ
一個炸肉餅麵包

活用句 このコロッケパンはすごく旨うまいです。
這個炸肉餅麵包非常好吃。

10. トング　夾子　發音 tongu

可以説 トング一ひとつ
一支夾子

活用句 トングでパンを挟はさむ。
用夾子夾麵包。

11. トレイ　托盤　發音 tore-

可以説 トレイ二ふたつ
兩個托盤

活用句 パンをトレイに載のせる。
把麵包放在托盤上。

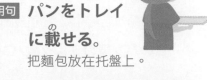

12. 紙袋かみぶくろ　紙袋
發音 kamibukuro

可以説 紙袋かみぶくろ一ひとつ
一個紙袋

活用句 紙袋かみぶくろが破やぶれた。
紙袋破了。

⊙ 短句 _{たんく} 你百分百要學的！

與麵包店相關的常見短句看這邊

① 剛出爐熱騰騰的麵包最好吃了！

焼きたてホカホカのパンは一番おいしいです！

② 媽媽下班時會到麵包店買麵包給我們當早餐。

母は仕事帰りにパン屋に寄って、パンを買って私たちの朝ごはんにします。

③ 在麵包店買麵包時，要拿托盤跟夾子。

パン屋でパンを買う時は、トレイとトングを使います。

④ 這家麵包店的牛奶土司很好吃。

このパン屋のミルク食パンはおいしいです。

⑤ 炸肉餅麵包要趁熱吃，冷了就不好吃。

メンチパンは熱いうちに食べましょう。冷めたらおいしくありません。

⑥ 下午茶喝咖啡吃蛋糕最棒了！

アフタヌーンティーにコーヒーとケーキは最高です。

⑦ 響應環保現在都用紙袋，不再用塑膠袋了。

エコのため今は紙袋を使い、ビニール袋は使いません。

⑧ 咖哩麵包、奶油麵包、熱狗麵包、紅豆麵包、牛奶土司……每一個看起來都好好吃喔！

カレーパン、クリームパン、ホットドッグ、餡パン、ミルク食パン、どれもおいしそう！

⑨ 麵包有甜的、鹹的，種類很多，每個都很好吃，好難選擇喔！

パンには甘いの、しょっぱいのとたくさん種類があります。どれもおいしくて迷います！

⊙ 會話 _{かいわ} 你絕對要會説的！

從麵包店裡常會出現的對話

主婦A
こんにちは。パンを買ᵏⁱいに来ᵏいたんですか。
> 譯 午安，你也來買麵包呀？

主婦B
はい。ちょうど焼きあがる時間なので、寄ってみました。
> 譯 是呀，因為剛好是出爐的時間，所以我順道過來看看。

主婦A
このトレイとトングをどうぞ。
> 譯 這個托盤跟夾子給妳。

主婦B
どうもすみません。
> 譯 不好意思。

主婦A
息子ᵐᵘˢᵏᵒはパンが好きᵏで、特ᵗᵒᵏに餡ᵃⁿパンが大好きᵈᵃⁱˢなんです。
> 譯 我兒子很愛麵包，他最喜歡吃豆沙麵包了。

主婦B
そうですか。うちの子ᵏたちは焼きそばᵞパンが好きᵏです。
> 譯 是喔，我家小孩們喜歡吃炒麵麵包。

主婦B
この食ˢʰᵒᵏパンはおいしそうですね。
> 譯 這個吐司看起來蠻好吃的。

主婦A
このパン屋ᵞはとても有名ᵞᵘᵘᵐᵉⁱで、みんなよくここへ買ᵏⁱいに来ᵏているんですよ。
> 譯 這家麵包店很有名，大家常常來這裡買。

主婦A
クロワッサンとカレーパンも買ᵏいましょう。
> 譯 牛角麵包還有咖哩麵包也一起買好了。

主婦B
どちらもおいしそうですね。
> 譯 每一個看起來都好好吃呀。

Unit 05
露天咖啡座 カフェ

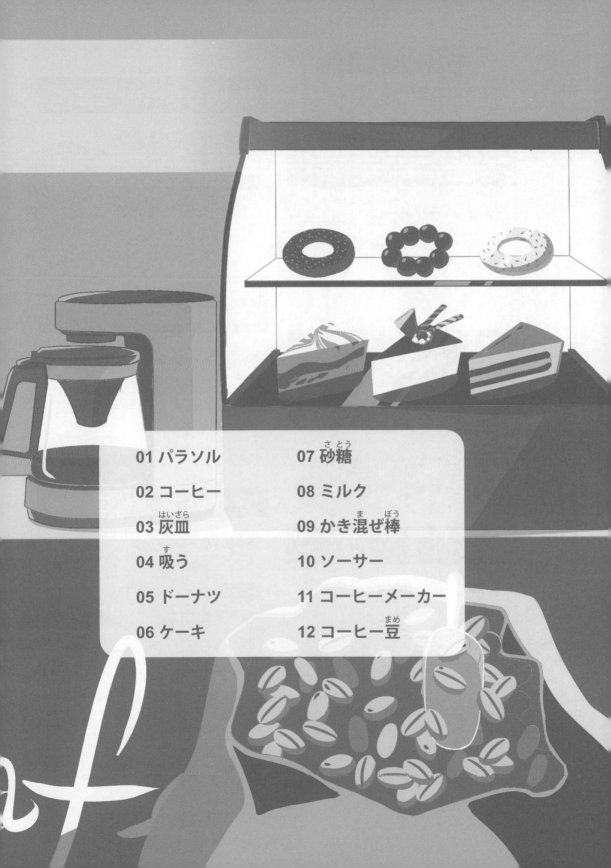

⊙ **單語** 你一定要熟記的！
從**露天咖啡座**學到的單字有這些

01. パラソル 遮陽傘
發音 parasoru

可以説 パラソル一本
一把遮陽傘

活用句 パラソル
を差す。
撐陽傘。

02. コーヒー 咖啡
發音 ko-hi-

可以説 コーヒー一杯
一杯咖啡

活用句 コーヒーを
入れる。
煮咖啡。

03. 灰皿 菸灰缸 發音 haizara

可以説 灰皿一個
一個菸灰缸

活用句 灰皿を使う。
用菸灰缸。

04. 吸う 抽（菸） 發音 suu

可以説 タバコを吸う。
抽菸。

活用句 ここでタバコ
を吸わないで
ください。
請不要在這裡抽菸。

05. ドーナツ 甜甜圈
發音 do-natsu

可以説 ドーナツ一つ
一個甜甜圈

活用句 ドーナツの種類が沢山
ある。
甜甜圈的種類
有很多種。

06. ケーキ 蛋糕 發音 ke-ki

可以説 ケーキ三つ
三塊蛋糕

活用句 ケーキをきれい
に切る。
把蛋糕切得
很漂亮。

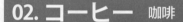

07. 砂糖　砂糖　發音 sato-

可以説 **砂糖一袋**
一包砂糖

活用句 **砂糖を入れる。**
加砂糖。

08. ミルク　牛奶　發音 miruku

可以説 **ミルク一杯**
一杯牛奶

活用句 **ミルクが飲みたいです。**
想喝牛奶。

09. かき混ぜ棒　攪拌棒　也可以説 マドラー　發音 kakimazebo-（madora-）

可以説 **かき混ぜ棒一本**
一根攪拌棒

活用句 **かき混ぜ棒が折れた。**
攪拌棒斷掉了。

10. ソーサー　咖啡盤　發音 so-sa-

可以説 **ソーサー一枚**
一個咖啡盤

活用句 **ソーサーとは、カップの下に置かれる皿のことです。**
咖啡盤是放在杯子下的盤子。

11. コーヒーメーカー　咖啡機　發音 ko-hi-me-ka-

可以説 **コーヒーメーカー一台**
一台咖啡機

活用句 **コーヒーメーカーが故障している。**
咖啡機故障了。

12. コーヒー豆　咖啡豆　發音 ko-hi-mame

可以説 **コーヒー豆一粒**
一顆咖啡豆

活用句 **コーヒー豆をひく。**
烘焙咖啡豆。

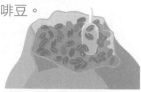

たんく

與露天咖啡座相關的常見短句看這邊

① 現煮咖啡跟泡的即溶咖啡味道就是不一樣。

入れたてのコーヒーとインスタントコーヒーの味はやはり違います。

② 咖啡豆需要研磨後才能煮出香濃的咖啡。

いいコーヒーはコーヒー豆を挽かなければ出来ません。

③ 咖啡的種類很多，看個人的喜好。

コーヒーは種類が多く、個人の好みによります。

④ 我喝咖啡不加糖，所以不需要攪拌棒。

コーヒーを飲む時、砂糖を入れないのでマドラーはいりません。

⑤ 高橋先生最愛下午時喝杯咖啡，再加塊蛋糕當點心。

高橋さんはティータイムの時、コーヒーにケーキを付けるのが大好きです。

⑥ 下午茶時間每個店家有不同口味的蛋糕及甜甜圈。

アフタヌーンティーは店によって違う味のケーキやドーナツがあります。

⑦ 雖然是咖啡店還是有賣其他飲料，例如：奶茶、牛奶、果汁等等。

コーヒー店だけどほかの飲み物も売っています。例えばミルクティーやミルク、ジュースなど。

⑧ 這裡是全面禁菸，所以不提供菸灰缸。

ここは全面禁煙なので、灰皿の提供はございません。

⑨ 小朋友不可以喝咖啡，可以選牛奶或果汁。

子供はコーヒーを飲んではいけません。ミルクやジュースが選べます。

⊙ 會話 你絕對要會説的！

從露天咖啡座裡常會出現的對話

女子高校生A
ずっと歩いて疲れました。どこかで少し休みましょう。

譯 一直走路好累喔。我們找個地方休息一下吧。

女子高校生B
あそこにオープンカフェがありますよ。

譯 那邊有個露天咖啡座。

女子高校生A
じゃあ、あそこでコーヒーを飲みましょう。

譯 那我們去那邊喝杯咖啡吧。

女子高校生A
この店の看板に、最高級コーヒー豆及びコーヒーメーカー使用と書いてありますよ。

譯 這家店的招牌上寫著，使用頂級咖啡豆和咖啡機。

女子高校生B
じゃ、味はきっといいでしょう。私はキャラメルラテ、あなたは？

譯 那味道一定不錯。我要喝焦糖拿鐵，妳呢？

女子高校生A
私はカプチーノを飲みたいです。

譯 我想喝卡布奇諾。

女子高校生B
砂糖とかき混ぜ棒要りますか。

譯 需要糖跟攪拌棒嗎？

女子高校生A
はい、要ります。

譯 好，需要。

女子高校生B
ほかになにか食べたいものがありますか。ケーキを食べますか。

譯 妳還有想吃什麼嗎？要吃蛋糕嗎？

女子高校生A
ドーナツを食べたいです。

譯 我想吃甜甜圈。

女子高校生B
じゃ、ここに座ってて、私が注文に行ってきます

譯 好，妳在這坐著，那我去點囉。

PART 4

休閒娛樂

音檔連結
因各家手機系統不同，若無法直接掃描，
仍可以至以下電腦雲端連結下載收聽。
（https://tinyurl.com/jke5mn28）

Unit 01
動物園 <ruby>動物園<rt>どうぶつえん</rt></ruby>

⊙ **單語** たんご | 你一定要熟記的！

從**動物園**學到的單字有這些

01. 入り口 入口
いりぐち

發音 iriguchi

可以説 **入り口一つ**
いりぐちひと
一個入口

活用句 **入り口から入る。**
いりぐちはい
從入口進去。

02. シマウマ 斑馬

發音 shimauma

可以説 **シマウマ一頭**
いっとう
一匹斑馬

活用句 **シマウマ柄が好きです。**
がらす
喜歡斑馬紋。

03. 牛 牛 發音 ushi
うし

可以説 **牛一頭**
うしいっとう
一頭牛

活用句 **牛を飼う。**
うしか
養牛。

04. 虎 老虎 發音 tora
とら

可以説 **虎一頭**
とらいっとう
一隻老虎

活用句 **虎に噛まれた。**
とらか
被老虎咬了。

05. サイ 犀牛 發音 sai

可以説 **サイ一頭**
いっとう
一頭犀牛

活用句 **サイの角は珍しいです。**
つのめずら
犀牛角很珍貴。

06. カバ 河馬 發音 kaba

可以説 **カバ一頭**
いっとう
一隻河馬

活用句 **カバは動きの鈍い草食動物です。**
うごにぶそうしょくどうぶつ
河馬是行動遲緩的草食動物。

112

07. 馬   馬   發音 uma

<ruby>馬<rt>うま</rt></ruby>

可以説 <ruby>馬一頭<rt>うまいっとう</rt></ruby>

一匹馬

活用句 <ruby>馬<rt>うま</rt></ruby>に<ruby>乗<rt>の</rt></ruby>る。

騎馬。

08. 山羊   山羊   發音 yagi

<ruby>山羊<rt>や ぎ</rt></ruby>

可以説 <ruby>山羊一頭<rt>や ぎ いっとう</rt></ruby>

一頭山羊

活用句 <ruby>山羊<rt>や ぎ</rt></ruby>に<ruby>餌<rt>えさ</rt></ruby>をやる。

餵山羊吃飼料。

09. 猿   猴子   發音 saru

<ruby>猿<rt>さる</rt></ruby>

可以説 <ruby>猿一匹<rt>さるいっぴき</rt></ruby>

一隻猴子

活用句 なんで<ruby>猿<rt>さる</rt></ruby>はバナナが<ruby>好<rt>す</rt></ruby>きというイメージがあるんでしょうか。

為什麼會有猴子喜歡香蕉的印象呢？

10. 豚   豬   發音 buta

<ruby>豚<rt>ぶ た</rt></ruby>

可以説 <ruby>豚一頭<rt>ぶたいっとう</rt></ruby>

一頭豬

活用句 ミニ<ruby>豚<rt>ぶた</rt></ruby>を<ruby>飼<rt>か</rt></ruby>いたいです。

想養迷你豬。

11. パンダ   熊貓   發音 panda

可以説 パンダ<ruby>一頭<rt>いっとう</rt></ruby>

一隻熊貓

活用句 <ruby>動物園<rt>どうぶつえん</rt></ruby>のパンダを<ruby>見<rt>み</rt></ruby>に<ruby>行<rt>い</rt></ruby>った。

去看動物園的熊貓了。

12. キリン   長頸鹿   發音 kirin

可以説 キリン<ruby>一頭<rt>いっとう</rt></ruby>

一隻長頸鹿

活用句 <ruby>世界<rt>せ かい</rt></ruby>で<ruby>一番<rt>いちばん</rt></ruby><ruby>背<rt>せ</rt></ruby>が<ruby>高<rt>たか</rt></ruby>い<ruby>動物<rt>どうぶつ</rt></ruby>はキリンです。

世界上最高的動物是長頸鹿。

與**動物園**相關的常見短句看這邊

① 動物園是都市中的叢林，有著各種的動物。

動物園は都市の中のジャングルで、さまざまな動物がいます。

② 我們先來到了草食動物區。

私たちはまず、草食動物エリアに来ました。

③ 這裡有斑馬、山羊，還有牛！

ここには、シマウマ、山羊、牛がいます。

④ 看啊！那邊有個脖子好長的動物，是長頸鹿耶！

見て！あそこに首の長い動物がいるよ、キリンだ！

⑤ 我們快到肉食動物區了。

もうすぐ肉食動物エリアに着くよ。

⑥ 獅子！是萬獸之王。

ライオンだ！百獣の王だ。

⑦ 你看你看～那邊有兩隻好可愛的熊貓啊！

見て見て。あそこに可愛いパンダが二頭いるよ！

⑧ 動物園裡有許多平常看不到的稀有動物。

動物園には、普段見られない珍しい動物がいます。

⑨ 夜行館裡面要安靜，拍照不可以用閃光燈。

夜行動物館の中では静かにして、フラッシュ撮影をしてはいけません。

⑩ 犀牛頭上有尖尖的角。

サイの頭には尖った角があります。

⊙ 會話 _{かいわ} 你絕對要會說的！

從動物園裡常會出現的對話

父 ちち
今日は天気がよくて、動物園に来るのにふさわしいな。
きょう てんき どうぶつえん く

譯 今天天氣真好，真適合來動物園走走呀。

母 はは
家族全員で遊びに来て良かったわね。
かぞくぜんいん あそ き よ

譯 全家一起出來玩真不錯。

父 ちち
ここに園内マップがある。ちょっと見てみよう。
えんない み

譯 這邊有園區地圖，我看一下。

父 ちち
このエリアにはサイ、カバ、シマウマ、猿などがいるん
さる
だね。こっちから行こう。
い

譯 這一區有犀牛、河馬、斑馬、猴子之類的，我們先從這邊走好了。

子供 こども
お母さん、見て、パンダだ。
かあ

譯 媽媽，妳看，是貓熊耶。

母 はは
パンダは今竹を食べているわよ。
いまたけ た

譯 貓熊正在吃竹子呢。

父 ちち
あの首の長い動物はなんだ？
くび なが どうぶつ

譯 那個脖子長長的動物叫做什麼呢？

子供 こども
キリンだ〜。

譯 長〜頸〜鹿〜。

父 ちち
正解！すごいなあ。
せいかい

譯 答對了，你好棒喔。

子供 こども
お母さん、あそこ、見て！虎がいるよ。
かあ とら

譯 媽媽妳看！那邊有老虎耶。

母 はは
走っちゃだめ。転ぶわよ。
はし ころ

譯 不要用跑的，會摔倒喔！

115

Unit 02
酒吧 バー

⊙ **單語**（たんご） 你一定要熟記的！

從**酒吧**學到的單字有這些

01. ダーツ 飛鏢 發音 da-tsu

可以説 **ダーツゲーム**
飛鏢遊戲

活用句 **ダーツの投げ（な）方（かた）を教（おし）えてください。**
請教我飛鏢的射法。

02. ビリヤード 撞球

發音 biriya-do

可以説 **ビリヤードテクニック**
撞球技巧

活用句 **ビリヤードテーブルの値段（ねだん）が高（たか）いです。**
撞球桌很貴。

03. ビール 啤酒 發音 bi-ru

可以説 **ビール一本（いっぽん）**
一瓶啤酒

活用句 **ドイツビールは世界的（せかいてき）に有名（ゆうめい）です。**
德國啤酒世界有名。

04. カクテル 雞尾酒

發音 kakuteru

可以説 **カクテル一杯（いっぱい）**
一杯雞尾酒

活用句 **カクテルを頼（たの）む。**
點雞尾酒。

05. キスする 接吻

發音 kisusuru

可以説 **彼女（かのじょ）とキスする。**
和女友接吻。

活用句 **キスする前（まえ）に歯（は）を磨（みが）く。**
接吻前先刷牙。

06. ウイスキー 威士忌

發音 uisuki-

可以説 **ウイスキー一杯（いっぱい）**
一杯威士忌

活用句 **ウイスキーに氷（こおり）を入（い）れる。**
在威士忌裡加冰塊。

07. ウォッカ　伏特加
發音 wokka

可以説 ウォッカ二杯（にはい）
両杯伏特加

活用句 ロシアでウォッカを飲（の）んだ。
在俄國喝了伏特加。

08. バーテンダー　酒保
發音 ba-tenda-

可以説 バーテンダー一人（ひとり）
一個酒保

活用句 バーテンダーを募集（ぼしゅう）している。
正在募集酒保。

09. カウンターチェア
高腳椅　發音 kaunta-chea

可以説 カウンターチェア一脚（いっきゃく）
一張高腳椅

活用句 カウンターチェアの高（たか）さを調節（ちょうせつ）する。
調整高腳椅的高度。

10. バーカウンター
吧檯　發音 ba-kaunta-

可以説 バーカウンター一台（いちだい）
一個吧檯

活用句 バーカウンターに座（すわ）る。
坐在吧檯。

11. さくらんぼ　櫻桃
發音 sakuranbo

可以説 さくらんぼ一個（いっこ）
一顆櫻桃

活用句 山形（やまがた）の名産（めいさん）はさくらんぼです。
山形的名產是櫻桃。

12. 踊（おど）る　跳舞　發音 odoru

可以説 友達（ともだち）が踊（おど）る。
朋友在跳舞。

活用句 歌（うた）を歌（うた）いながら踊（おど）る。
邊唱歌邊跳舞。

⊙ 短句 <ruby>短句<rt>たんく</rt></ruby> 你百分百要學的！

與酒吧相關的常見短句看這邊

① 未成年請勿飲酒。

<ruby>未成年<rt>みせいねん</rt></ruby>は<ruby>飲酒<rt>いんしゅ</rt></ruby>しないでください。

② 酒保是個留著鬍子的帥哥。

バーテンダーは<ruby>鬚<rt>ひげ</rt></ruby>を<ruby>生<rt>は</rt></ruby>やしているイケメンです。

③ 女服務生都打扮得很漂亮。

ウエイトレスはみんな、<ruby>綺麗<rt>きれい</rt></ruby>な<ruby>格好<rt>かっこう</rt></ruby>をしています。

④ 在酒吧裡可以認識各式各樣的人。

バーではざまざまな<ruby>人<rt>ひと</rt></ruby>と<ruby>知<rt>し</rt></ruby>り<ruby>合<rt>あ</rt></ruby>うことができます。

⑤ 坐在吧檯前的好像是藝人耶！

バーに<ruby>座<rt>すわ</rt></ruby>っているのって、<ruby>芸能人<rt>げいのうじん</rt></ruby>みたいだよ！

⑥ 在這裡可以放鬆心情，盡情地喝酒。

ここではリラックスできて、<ruby>満足<rt>まんぞく</rt></ruby>するまでお<ruby>酒<rt>さけ</rt></ruby>が<ruby>飲<rt>の</rt></ruby>めます。

⑦ 有人在射飛鏢，看起來好好玩。

ダーツをしている<ruby>人<rt>ひと</rt></ruby>がいるけど、おもしろそう。

⑧ 有人喜歡雞尾酒，有人喜歡喝威士忌。

カクテルが<ruby>好<rt>す</rt></ruby>きな<ruby>人<rt>ひと</rt></ruby>もいれば、ウイスキーが<ruby>好<rt>す</rt></ruby>きな<ruby>人<rt>ひと</rt></ruby>もいます。

⑨ 吧檯前有一整排的高腳椅。

バーカウンターの<ruby>前<rt>まえ</rt></ruby>にカウンターチェアーがあります。

⊙ 會話 _{かいわ} 你絕對要會説的！

從酒吧裡常會出現的對話

女 _{おんな}
カクテルをください。さくらんぼは要りません。 _い

譯 請給我一杯**雞尾酒**，不要**櫻桃**。

バーテンダー
はい、どうぞ。

譯 請慢用。

男 _{おとこ}
君、なぜ一人でバーカウンターに座ってるの。友 _{きみ} _{ひとり} _{すわ} _{とも}
達を待ってるの。 _{だち} _ま

譯 小姐，怎麼一個人坐在**吧檯**這？等朋友嗎？

男 _{おとこ}
ウイスキーをください。そしてこちらの方にウォ _{かた}
ッカ・ライムを。俺のおごりで。 _{おれ}

譯 給我一杯**威士忌**，順便再給這位小姐一杯**伏特加**萊姆，
我請客。

男 _{おとこ}
いっしょに踊りませんか。 _{おど}

譯 要不要一起**跳舞**呀？

女 _{おんな}
興 味ありません。 _{きょう み}

譯 沒興趣。

男 _{おとこ}
君、綺麗だね。アイドル歌手に似てるって言われ _{きみ} _{き れい} _{か しゅ} _に _い
ない？

譯 小姐妳很漂亮耶，有沒有人説妳長得很像偶像歌手呀？

女 _{おんな}
私 をナンパしているの？ほかの人のところへ行 _{わたし} _{ひと} _い
って。

譯 你在搭訕我嗎？你去找別人吧。

Unit 03
派對上 パーティー

⊙ **單語** たんご 你一定要熟記的！

從**派對**上學到的單字有這些

01. 話す 説話 發音 hanasu

可以説 **大家さんと話す。**
おおや　　　はな
和房東説話。

活用句 **話さないで** はな
ください。
請不要説話。

02. 客 きゃく 客人 發音 kyaku

可以説 **客一人** きゃくひとり
一位客人

活用句 **店員がお客さんと喧嘩** てんいん　　きゃく　　　　けんか
した。
店員和客人
吵架了。

03. クリスマスツリー
聖誕樹
發音 kurisumasutsuri-

可以説 **クリスマスツリー一本** いっぽん
一棵聖誕樹

活用句 **クリスマスツ**
リーを飾る。 かざ
裝飾聖誕樹。

04. サンタクロース
聖誕老公公
發音 santakuro-su

可以説 **サンタクロース一人** ひとり
一個聖誕老公公

活用句 **サンタクロース**
は夜に良い子の よる　よ　こ
もとへプレゼン
トを持って訪れ
る。
聖誕老公公會在夜
裡帶著禮物拜訪好孩子。

05. 花束 はなたば 花束 發音 hanataba

可以説 **花束一つ** はなたばひと
一束花束

活用句 **花束を贈る。** はなたば　おく
送花束。

06. プレゼント 禮物
發音 purezento

可以説 **プレゼント一つ** ひと
一份禮物

活用句 **プレゼントを開ける。** あ
打開禮物。

07. ローストチキン

烤雞　發音 ro-sutochikin

可以説 ローストチキン一羽／一つ

一隻烤雞

活用句 ローストチキンは代表的なクリスマス料理です。

烤雞是聖代節的代表料理。

08. 暖炉

壁爐　發音 danro

可以説 暖炉一基

一個壁爐

活用句 暖炉を囲む。

圍著壁爐。

09. キャンディー

糖果　發音 kyandi-

可以説 キャンディー一個

一顆糖果

活用句 キャンディーをもらった。

得到了糖果。

10. パーティーキャップ

派對帽　發音 pa-ti-kyappu

可以説 パーティーキャップ一つ

一頂派對帽

活用句 パーティーキャップをかぶる。

戴派對帽。

11. 風船

氣球　發音 fu-sen

可以説 風船三つ

三個氣球

活用句 風船を吹く。

吹氣球。

12. 抽選箱

抽獎箱　發音 chu-senbako

可以説 抽選箱一つ

一個抽獎箱

活用句 抽選箱に全てのボールを入れる。

把全部的球放進抽獎箱。

⊙ 短句 <ruby>短句<rt>たんく</rt></ruby> 你百分百要學的！

與派對上相關的常見短句看這邊

① 今天的主題是情人節派對。

今日のテーマは、バレンタインパーティーです。

② 大家都來參加中山先生舉辦的派對。

中山さんが主催したパーティーにみんな参加しました。

③ 派對上有提供甜點。

パーティーでは、デザートが出ます。

④ 派對上無限供應雞尾酒。

パーティーにはカクテルの飲み放題があります。

⑤ 高橋小姐在生日派對上收到很多禮物。

高橋さんは誕生日パーティーでたくさんのプレゼントをもらいました。

⑥ 小林先生為兒子舉辦生日派對。

小林さんは、息子のために誕生日パーティーを開きました。

⑦ 派對上用了許多的氣球來裝飾。

パーティー会場はたくさんの風船で飾られています。

⑧ 派對中準備了很多吃的跟飲料。

パーティーではいろいろな食べ物と飲み物が用意されています。

⑨ 有一對情侶在舞池裡跳舞。

カップルがホールで踊っています。

⑩ 聖誕節的派對是最熱鬧的。

クリスマスのパーティーが一番にぎやかです。

⊙會話 你絕對要會説的！

從派對上裡常會出現的對話

主人
今日はクリスマス・イブですね、夜私の家に来てください。パーティーがありますよ

譯 今天是聖誕夜，晚上來我家吧，我有舉辦派對喔。

友達A
本当？行きたいです。

譯 真的嗎？我想去。

主人
来る人は、それぞれプレゼントを持ってきてね。

譯 每個來的人都要帶禮物來喔。

友達B
お客が多くてにぎやかですね。

譯 好多客人喔，你家真熱鬧。

友達C
やっぱり風船のあるところは楽しいですね。

譯 果然有氣球的地方就有歡樂。

主人
テーブルの上にローストチキン、こっちにはキャンデーがあります。どうぞご遠慮なく、たくさん食べてね。

譯 餐桌上有烤雞，這邊有糖果，大家請不要客氣多吃點喔。

友達A
サンタクロースの服を着ているんですか。お似合いですね。

譯 你穿聖誕老公公的衣服喔？很適合你耶。

主人
プレゼントはクリスマスツリーの下に置いておいてください。あとで抽選をします。

譯 禮物請放在聖誕樹下就可以了，待會我們會舉行抽獎活動。

主人
はい、みなさん、時間です。抽選を始めましょう。

譯 嗯，各位時間到了，開始抽獎吧。

友達B
誰が一番の幸運者でしょうね。

譯 誰會是第一位幸運得主呢？

Unit 04
海灘ビーチ

⊙ **單語** 你一定要熟記的！

從**海灘**學到的單字有這些

01. 波　海浪　發音 nami

可以説　**津波**

海嘯

活用句　**波が寄せてくる。**

海浪打過來。

02. サーフィン　衝浪

發音 sa-fin

可以説　**サーフィンする**

衝浪。

活用句　**サーフィンは波乗りともいう。**

日文裡衝浪
也叫做乘浪。

03. ヨット　帆船　發音 yotto

可以説　**ヨット一隻**

一艘帆船

活用句　**ヨットはセールを使って進む。**

帆船靠帆前進。

04. ビーチ　沙灘　發音 bi-chi

可以説　**ビーチバレー**

沙灘排球

活用句　**ビーチで貝殻を拾う。**

在沙灘撿排球。

05. ビキニ　比基尼

發音 bikini

可以説　**ビキニ一着**

一件比基尼

活用句　**このビキニがお洒落です。**

這件比基尼很時髦。

06. 水上オートバイ

水上摩托車

發音 suijo-o-tobai

可以説　**水上 オートバイ一台**

一輛水上摩托車

活用句　**水上 オートバイに乗る際は、 必ず 救命胴衣を着用する。**

騎水上摩托車的
時候一定要穿救
生衣。

07. サングラス　太陽眼鏡

發音 sangurasu

可以説 サングラス一本（いっぽん）

一副太陽眼鏡

活用句 サングラスを掛（か）ける。

戴太陽眼鏡。

08. ビーチサンダル

海灘拖鞋

發音 bi-chisandaru

可以説 ビーチサンダル一足（いっそく）

一雙海灘拖鞋

活用句 ビーチサンダルは砂浜（すなはま）

などで履（は）く。

海灘拖鞋是在
海灘等地穿的。

09. ビーチボール

海灘球　發音 bi-chibo-ru

可以説 ビーチボール二個（にこ）

兩個海灘球

活用句 日本（にほん）はビーチボール協（きょう）

会（かい）がある。

日本有海灘球協會。

10. サンオイル　防曬油

（不防 UVA，因此只能防曬傷，
但膚色可能變黑，類似助曬劑。
一般我們熟悉的防曬油多用日（ひ）

焼（や）け止（ど）め。）

發音 sanoiru

可以説 サンオイル一本（いっぽん）

一瓶防曬油

活用句 サンオイルを塗（ぬ）

る。

塗防曬油。

11. 日光浴する（にっこうよく）　做日光浴

發音 nikko-yokusuru

可以説 日光浴（にっこうよく）するというのは
日光（にっこう）を浴（あ）びることで
す。

做日光浴就是曬太陽。

活用句 ビキニ姿（すがた）で
日光浴（にっこうよく）する。

穿著比基尼
做日光浴。

12. ヤシの木（き）　椰子樹

發音 yashinoki

可以説 ヤシの木（き）一本（いっぽん）

一棵椰子樹

活用句 ヤシの木（き）を植（う）え
る。

種椰子樹。

與**海灘**相關的常見短句看這邊

① 陽光、沙灘、比基尼是海灘的主角。

ビーチでは、太陽、砂浜、ビキニが主役です。
_{たいよう　すなはま　　　　しゅやく}

② 有很多人在衝浪。

大勢の人がサーフィンをしてます。
_{おおぜい　ひと}

③ 來到海灘一定要穿個海灘專用夾腳拖鞋才不會被沙灘燙到。

海に来たら砂で火傷しないように、必ずビーチサンダルを履きましょう。
_{うみ　き　　すな　やけど　　　　　　かなら　　　　　　　　　　　は}

④ 去海邊玩要做好防曬，否則會曬傷。

海で遊ぶ時にはきちんと日焼け止めを塗らないと、肌を痛めます。
_{うみ　あそ　とき　　　　　　　ひや　ど　　ぬ　　　　　　　はだ　いた}

⑤ 看到有一群小孩子在旁邊玩堆沙的遊戲。

隣で子供たちが砂遊びをしているのが見えます。
_{となり　こども　　　すなあそ　　　　　　　　み}

⑥ 浮潛可以看到許多很漂亮的魚。

シュノーケリングをしたら、きれいな魚がたくさん見られます。
_{さかな　　　　　み}

⑦ 在海邊有人騎水上摩托車在比賽。

海で、水上バイクの試合をしています。
_{うみ　すいじょう　　　　しあい}

⑧ 來到海邊，一定要玩香蕉船。

海に来たら、バナナボートに乗らなきゃ！
_{うみ　き　　　　　　　　　　　　の}

⑨ 今天有沙灘排球比賽唷！

今日、ビーチバレーの試合があるよ！
_{きょう　　　　　　　　　しあい}

⑩ 遠方有艘好大的豪華郵輪耶！

遠くに大きな豪華客船が見えるよ！
_{とお　おお　ごうか　きゃくせん　み}

⊙ 會話 你絕對要會説的！

從海灘裡常會出現的對話

カップル女

夏に海で波を見るのは気持ちいいね。

譯 夏天到海邊看海浪真是棒呀！

カップル男

ビキニを着ている女性が、ビーチでビーチボールで遊んでいる姿を見るほうが、気持ちいい。

譯 看穿著比基尼的美女在沙灘上玩海灘球，那才是棒呢。

カップル女

何を言ってるの！勝手に見ないで。

譯 你在説什麼？眼睛不要亂看！

カップル女

早く私の体にサンオイルを塗って。日光浴するから。

譯 快幫我身體擦上防曬油，我要做日光浴。

カップル男

は～い。

譯 是。

カップル女

サングラスを持ってきて。

譯 把我的太陽眼鏡拿來。

カップル男

は～～い。

譯 是。

カップル男

あのう、水上 オートバイに乗ってもいいかなあ。

譯 那個，我可以去玩水上摩托車嗎？

カップル女

だめ。ヤシの実ジュースを飲みたいときは、あなたが持ってきてね。

譯 不行，當我想喝椰子水的時候，你要負責拿給我。

Unit 05
游泳池 プール

⊙ **單語** <ruby>単<rt>たんご</rt></ruby> 你一定要熟記的！

從**游泳池**學到的單字有這些

01. プール　游泳池

發音 pu-ru

可以説 **プール<ruby>一面<rt>いちめん</rt></ruby>**
一座泳游池

活用句 **プールの <ruby>入場料<rt>にゅうじょうりょう</rt></ruby> は<ruby>大人<rt>おとな</rt></ruby> 2800<ruby>円<rt>えん</rt></ruby>です。**
游泳池入場費大人是2800日圓。

02. ライフガード

救生員　發音 raifuga-do

可以説 **ライフガード<ruby>一人<rt>ひとり</rt></ruby>**
一個救生員

活用句 **ライフガードは<ruby>命<rt>いのち</rt></ruby>を<ruby>守<rt>まも</rt></ruby>る<ruby>者<rt>もの</rt></ruby>の<ruby>意味<rt>いみ</rt></ruby>です。**

救生員是生命守護者的意思。

03. ビート<ruby>板<rt>ばん</rt></ruby>　浮板

發音 bi-toban

可以説 **ビート<ruby>板一枚<rt>ばんいちまい</rt></ruby>**
一塊浮板

活用句 **ビート<ruby>板<rt>ばん</rt></ruby>は<ruby>水泳<rt>すいえい</rt></ruby><ruby>用品<rt>ようひん</rt></ruby>です。**
浮板是游泳用品。

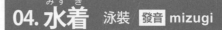

04. <ruby>水着<rt>みずぎ</rt></ruby>　泳裝　發音 mizugi

可以説 **<ruby>水着一着<rt>みずぎいっちゃく</rt></ruby>**
一套泳裝

活用句 **この<ruby>水着<rt>みずぎ</rt></ruby>がセクシーです。**
這套泳裝很性感。

05. <ruby>水泳帽子<rt>すいえいぼうし</rt></ruby>　泳帽

也可以説 <ruby>水泳帽<rt>すいえいぼう</rt></ruby>

發音 suie-bo-shi（suie-bo-）

可以説 **<ruby>水泳帽子一枚<rt>すいえいぼうしいちまい</rt></ruby>**
一頂泳帽

活用句 **<ruby>水泳帽子<rt>すいえいぼうし</rt></ruby>が<ruby>破<rt>やぶ</rt></ruby>れた。**
泳帽破了。

Part 4 休閒娛樂

06. デッキチェア
沙灘椅　發音 dekkichea

可以説 デッキチェア一脚
いっきゃく
一張海灘椅

活用句 デッキチェアはありますか。
有海灘椅嗎？

07. 浮き輪
うきわ
泳圈　發音 ukiwa

可以説 浮き輪一つ
うきわひと
一個泳圈

活用句 浮き輪を拾いに行く。
うきわひろい
去撿泳圈。

08. 泳ぐ
およぐ
游泳　發音 oyogu

可以説 泳がないようにしてください。
およ
請不要游泳。

活用句 川で泳ぐ。
かわおよ
在河裡游泳。

09. ゴーグル
泳鏡
發音 go-guru

可以説 ゴーグル一個
いっこ
一副泳鏡

活用句 ゴーグルはいくらですか。
泳鏡多少錢呢？

10. 背泳ぎ
せおよ
仰式
發音 seoyogi

可以説 背泳ぎする
せおよ
游仰式

活用句 背泳ぎができない。
せおよ
不會游仰式。

11. 平泳ぎ
ひらおよ
蛙式
發音 hiraoyogi

可以説 平泳ぎする
ひらおよ
游蛙式

活用句 平泳ぎができる。
ひらおよ
會游蛙式。

12. 飛び込み台
とこだい
跳台
發音 tobikomidai

可以説 飛び込み台二つ
とこだいふた
兩座跳台

活用句 飛び込み台から飛び込む。
とこだいとこ
從跳台上跳進去。

與游泳池相關的常見短句看這邊

① 安全的游泳池旁邊一定都會有救生員。

安全_{あんぜん}なプールには、必ず_{かなら}ライフガードがいます。

② 救生員的工作是負責大家的安全。

ライフガードの仕事_{しごと}は、みんなの安全_{あんぜん}を確保_{かくほ}することです。

③ 不會游泳的小朋友要記得套上游泳圈唷！

泳げ_{およ}ない子供_{こども}は、浮き_{うわ}輪を使い_{つか}ましょう！

④ 游泳圈有各式各樣的款式，小船、鴨子、甜甜圈等等。

浮き_{うわ}輪には、船_{ふね}、あひる、ドーナツ型_{がた}などいろいろな形_{かたち}があります。

⑤ 有一種躺著的游泳方式，那叫做仰式。

仰向け_{あおむ}で泳ぐ_{およ}泳法_{えいほう}を背泳ぎ_{せおよ}といいます。

⑥ 除了仰式之外，還有很像青蛙游泳的蛙式。

背泳ぎ_{せおよ}のほかに、平泳ぎ_{ひらおよ}があります。それはカエルのような泳ぎ方_{およかた}です。

⑦ 另外還有自由式與蝶式。

他_{ほか}にクロールとバタフライがあります。

⑧ 有人在泳池中間跳水上芭蕾耶！

プールの真ん中_{まなか}でシンクロをしている人_{ひと}がいるよ！

⑨ 在較大的游泳池中，有些會有跳台。

大きな_{おお}プールには、飛び込み台_{とこだい}がある所_{ところ}もあります。

⑩ 小朋友不可以到水深的區域去玩。

子供_{こども}は深い_{ふか}エリアに行って_い遊ん_{あそ}ではいけません。

⦿會話 _{かいわ} 你絕對要會説的！

從**游泳池**裡常會出現的對話

級友A
あまりプールには来_きません。泳_{およ}ぐことができませんから。

譯 我幾乎不來**游泳池**的，因為我不會**游泳**。

級友B
大丈夫_{だいじょうぶ}です。教_{おし}えてあげますから。

譯 沒關係，我可以教你。

級友A
溺_{おぼ}れるのが怖_{こわ}いんです。

譯 我怕溺水。

級友B
心配要_{しんぱいい}りません。ほら、あそこにライフガードがいるじゃないですか。

譯 不用擔心啦，你看那邊有**救生員**呀。

級友B
そして浮_うき輪_わかビート板_{ばん}を使_{つか}えばいいです。

譯 而且你也可以使用**游泳圈**或是**浮板**呀。

級友B
背泳_{せおよ}ぎと平泳_{ひらおよ}ぎ、どちらを習_{なら}いたいですか。

譯 你想學**仰式**還是**蛙式**？

級友A
平泳_{ひらおよ}ぎにします。ちょっと待_まって。ゴーグルを付_つけますから。

譯 學**蛙式**的好了。等一下我戴個**蛙鏡**。

級友B
ここで練習_{れんしゅう}すればいいです。あまり飛_とび込_こみ台_{だい}に近_{ちか}づかないようにね。あそこは深_{ふか}くて危_{あぶ}ないです。

譯 你在這邊練習就好，不要靠近**跳台**，那邊比較深，比較危險。

級友A
ちょっと疲_{つか}れました。デッキチェアですこし休_{やす}みます。

譯 有點累了，我去**沙灘椅**上休息一下。

Unit 06
健身房 トレーニングジム

⊙ **單語** 你一定要熟記的！
從**健身房**學到的單字有這些

01. コーチ 教練 發音 ko-chi

可以説 **コーチ一人**
一個教練

活用句 **コーチになる。**
成為教練。

02. ヨガ 瑜珈 發音 yoga

可以説 **ヨガをする**
做瑜珈

活用句 **ヨガをする女性はすっぴんでも美しいです。**
做瑜珈的女性素顏也很美。

03. ヨガマット 瑜珈塾 發音 yogamatto

可以説 **ヨガマット一枚**
一塊瑜珈塾

活用句 **ヨガマットでお昼寝をする。**
在瑜珈塾上睡午覺。

04. トレッドミル 跑步機 發音 toreddomiru

可以説 **トレッドミル一台**
一台跑步機

活用句 **トレッドミルで走る。**
跑跑步機。

05. 更衣室 更衣室 發音 ko-ishitsu

可以説 **更衣室二つ**
兩間更衣室

活用句 **更衣室で着替える。**
在更衣室換衣服。

06. バーベル 槓鈴 發音 ba-beru

可以説 **バーベル一本**
一根槓鈴

活用句 **バーベルで鍛える。**
用槓鈴鍛鍊。

07. エアロバイク　飛輪

發音 earobaiku

可以説 エアロバイク三台（さんだい）

三台飛輪

活用句 これは家庭用（かていよう）エアロバイクです。

這是家用飛輪。

08. 筋肉（きんにく）　肌肉　發音 kinniku

可以説 筋肉（きんにく）マン

筋肉人

活用句 筋肉（きんにく）をつける。

練出肌肉。

09. 体重計（たいじゅうけい）　體重計

發音 taiju-ke-

可以説 体重計四つ（たいじゅうけいよっつ）

四台體重機

活用句 体重計（たいじゅうけい）に乗る（の）。

量體重。

10. ステッパー　踏步機

可以説 ステッパー一台（いちだい）

一台踏步機

活用句 ステッパーで有酸素（ゆうさんそ）運動（うんどう）をする。

用踏步機做有氧運動。

11. ダンベル　啞鈴

發音 danberu

可以説 ダンベル二本（にほん）

兩個啞鈴

活用句 ダンベルを持ち上げ（もあ）る。

舉啞鈴。

12. 上げる（あ）　舉　發音 ageru

可以説 箱を棚に上げる（はこたなあ）。

把箱子搬上架子。

活用句 目を上げる（めあ）。

抬起眼睛。

143

與**健身房**相關的常見短句看這邊

① 在都市中健身中心是最佳的運動地方。

都会では、トレーニングジムが最もよい運動場所です。

② 在健身中心裡，都會有專業的教練指導。

トレーニングジムでは、プロのトレーナーが指導してくれます。

③ 這裡有著各式各樣不同的健身器材。

ここには、さまざまな運動器材があります。

④ 啞鈴，是一般家中也可以見到的健身器具。

ダンベルは、家でもよく使われるトレーニング用具です。

⑤ 槓鈴，是奧運會場上舉重項目之一。

バーベルを使う重量挙げは、オリンピック種目の一つです。

⑥ 健身中心裡面大家最常使用的就是跑步機。

トレーニングジムでみんなが一番よく使うのは、ランニングマシンです。

⑦ 想瘦身的男女都會到健身中心。

男女を問わず、痩せたい人がトレーニングジムに来ます。

⑧ 健身中心牆壁上掛著健美先生的相片。

トレーニングジムの壁には、ボディービルダーの写真が飾ってあります。

⑨ 在門口進來的地方，有許許多多的獎盃以及獎牌。

入り口を入ったところに、たくさんのトロフィーや盾がおいてあります。

⑩ 做瑜珈時要墊著瑜珈墊。

ヨガをする時は、ヨガマットが必要です。

⊙ 會話 かいわ 你絕對要會說的！

從**健身房**裡常會出現的對話

太っている男の子 ふと おとこ こ
コーチ、私痩せたいです。 わたし や
譯 **教練**，我想要減肥。

コーチ
分かりました。まずは体重計で体重を量り わ たいじゅうけい たいじゅう はか
ましょう。
譯 我知道了，我們先用**體重計**量一下體重好了。

コーチ
85キロです。オーバーしていますね。
譯 85公斤。是超過了。

太っている男の子 ふと おとこ こ
じゃあ、どうすればいいですか。
譯 那我應該要怎麼做呢？

コーチ
まずは有酸素運動から始めます。例えばトレ ゆうさん そ うんどう はじ たと
ッドミルやエアロバイクを利用します。 りよう
譯 首先你必須要先做有氧運動，例如使用**跑步機**或是
飛輪。

太っている男の子 ふと おとこ こ
どのぐらいしますか。
譯 要做多久呢？

コーチ
大体30分ぐらいです。そのあと、すこしウエ だいたい ぶん
イトトレーニングをします。
譯 做大約30分鐘。之後，你可以做些重量訓練。

太っている男の子 ふと おとこ こ
ダンベルを上げるんですか。 あ
譯 是**舉啞鈴**嗎？

コーチ

はい、バーベルでもいいです。

譯 嗯，也可以舉槓鈴。

太っている男の子

何回（なんかい）ぐらいしますか。

譯 要做幾下呢？

コーチ

普通（ふつう）は10回（かい）を１セット。筋肉（きんにく）を鍛（きた）えれば、脂肪（ぼう）の燃焼（ねんしょう）を促（うなが）しますよ。

譯 一般是10下一組。鍛鍊**肌肉**可以幫助你燃燒脂肪喔。

Unit 07
遊樂園 遊園地
ゆうえんち

⊙ 單語 （たんご）你一定要熟記的！

從遊樂園學到的單字有這些

01. 観覧車（かんらんしゃ） 摩天輪

發音 kanransha

可以説 観覧車一基（かんらんしゃいっき）
一座摩天輪

活用句 観覧車に乗る。（かんらんしゃ の）
搭摩天輪。

02. ジェットコースター

雲霄飛車 發音 jettoko-suta-

可以説 ジェットコースター一台（いちだい）
一輛雲霄飛車

活用句 日本で一番怖いジェットコースターはどこにありますか。（にほん いちばんこわ）
日本最恐怖的雲霄飛車在哪裡呢？

03. お化け屋敷（ば やしき） 鬼屋

發音 obakeyashiki

可以説 お化け屋敷一軒（ば やしきいっけん）
一間鬼屋

活用句 お化け屋敷に入る。（ば やしき はい）
進去鬼屋。

04. 地図（ちず） 地圖 發音 chizu

可以説 地図一枚（ちず いちまい）
一張地圖

活用句 地図を調べる。（ちず しら）
查閱地圖。

05. ツーリスト

也可以説 来園者（らいえんしゃ）

遊客（用來園者的時候指到動物「園」、遊樂「園」等的遊客）

發音 tsu-risuto

可以説 ツーリスト百人（ひゃくにん）
一百名遊客

活用句 ツーリストが笑う。（わら）
遊客在笑。

06. 子供（こども） 小孩 發音 kodomo

可以説 子供一人（こどもひとり）
一個小孩

活用句 子供とはぐれた。（こども）
和小孩走散了。

150

07. ゴーカート　碰碰車

発音 go-ka-to

可以説 **ゴーカート七台**（ななだい）
七台碰碰車

活用句 **これは二人乗りのゴーカートです。**
ふたり の
這是雙人用的碰碰車。

08. メリーゴーランド

旋轉木馬

発音 meri-go-rando

可以説 **メリーゴーランドに乗る。**
の
搭旋轉木馬

活用句 **メリーゴーランドは遊園地の乗り物の一つです。**
ゆうえんち の
もの ひと
旋轉木馬是遊樂園的設施之一。

09. 花火（はなび）　煙火　発音 hanabi

可以説 **花火大会**（はなび たいかい）
煙火大會

活用句 **花火を見に行きましょう。**
はなび み い
去看煙火吧。

10. コーヒーカップ

咖啡杯　発音 ko-hi-kappu

可以説 **コーヒーカップに乗る。**
の
做咖啡杯。

活用句 **コーヒーカップとティーカップは同じ乗り物です。**
おな の もの
咖啡杯和茶杯是一樣的遊樂設施。

11. フリーフォール

自由落體　発音 furi-fo-ru

可以説 **フリーフォールに乗る。**
の
搭自由落體。

活用句 **このフリーフォールの高さは100メートルです。**
たか
這自由落體的高度是100公尺。

12. 出口（でぐち）　出口　発音 deguchi

可以説 **出口一つ**（でぐち）
一個出口

活用句 **出口を出る。**
でぐち で
走出出口。

與遊樂園相關的常見短句看這邊

① 迪士尼樂園是有名的遊樂園。

ディズニーランドは有名な遊園地です。

② 遊樂園中最刺激的就是雲霄飛車了。

遊園地で一番スリルがあるのは、ジェットコースターです。

③ 伊藤小姐不敢坐雲霄飛車。

伊藤さんはジェットコースターに怖くて乗れません。

④ 小孩子都非常喜歡玩海盜船。

子供たちは、フライングパイレーツが好きです。

⑤ 心臟不好的人不可以玩刺激性設施。

心臓の弱い人は、刺激の強い乗り物に乗ってはいけません。

⑥ 情侶們喜歡在摩天輪上面邊聊天談心邊看風景。

カップルは観覧車の中でおしゃべりしながら景色を楽しむのが好きです。

⑦ 山本先生喜歡驚悚刺激的鬼屋探險。

山本さんはスリル満点のお化け屋敷に入るのが好きです。

⑧ 小朋友最愛的就是旋轉木馬了。

子供が一番好きなのは、メリーゴーランドです。

⑨ 在迪士尼樂園，迪士尼卡通人物會進行遊行。

ディズニーランドではキャラクターたちがパレードをします。

⑩ 每到了晚上，都會有璀璨漂亮的煙火點亮夜空。

夜になると、きれいな花火が夜空を照らします。

⊙ 會話（かいわ）你絕對要會説的！

從遊樂園裡常會出現的對話

女の子A（おんなこ）

ねえ、ここは一番刺激的な遊園地だと聞きましたけど。
いちばん しげきてき ゆうえんち き

譯 嘿，聽説這裡是最刺激的遊樂園耶。

女の子B（おんなこ）

そうですね。ジェットコースターは360度ぐるぐる回って怖いです。
ど まわ こわ

譯 對呀，聽説它的雲霄飛車會 360 度大回轉，很恐怖的。

女の子A（おんなこ）

フリーフォールも怖いですよ。でも、お化け屋敷はまあまあね。
こわ ば やしき

譯 還有聽説自由落體也很嚇人，但是鬼屋就還好。

女の子B（おんなこ）

ほかにゴーカートとか、メリーゴーランドやコーヒーカップ、全然刺激的ではありませんね。
ぜんぜん しげきてき

譯 其他像是碰碰車啦，旋轉木馬啦，咖啡杯啦，就一點都不刺激。

女の子A（おんなこ）

じゃ、まずはどの乗り物に乗りますか。
の もの の

譯 那我們要先玩哪一個遊樂設施呢？

女の子B（おんなこ）

まずは観覧車に乗りましょう。それから中で地図を見ながら何に乗るか決めましょう。
かんらんしゃ の なか ちず み なに の き

譯 我們先坐摩天輪好了，我們可以在裡面邊看地圖再決定要搭什麼。

女の子A（おんなこ）

園内ガイドに、今晩9時に花火を打ち上げると書いてありますよ。
えんない こんばん じ はなび う あ か

譯 園區指南上説今天晚上 9 點會施放煙火唷！

女の子B（おんなこ）

本当ですか。楽しみですね。
ほんとう たの

譯 真的嗎？真令人期待呀。

PART 5

購物血拚

音檔連結
因各家手機系統不同，若無法直接掃描，
仍可以至以下電腦雲端連結下載收聽。
（https://tinyurl.com/2xn7se8m）

Unit 01
女装店 婦人服
ふ じんふく

⊙ 單語 （たんご） 你一定要熟記的！

從女裝店學到的單字有這些

01. 浴衣 （ゆかた） 浴衣 發音 yukata

可以説 浴衣一着 （ゆかたいっちゃく）
一件浴衣

活用句 浴衣売り場 （ゆかたうりば） を探す。 （さが）
找浴衣賣場。

02. 着物 （きもの） 和服 發音 kimono

可以説 着物一着 （きものいっちゃく）
一件和服

活用句 着物の帯の （きもの）（おび） 結び方を教 （むす）（かた）（おし） えてくださ い。
請教我和服腰帶的繫法。

03. ブラ 內衣 發音 bura

可以説 ブラ一着 （いっちゃく）
一件內衣

活用句 派手なブラをつける。 （は）（で）
穿華麗的內衣。

04. ショーツ 內褲 發音 sho-tsu

可以説 ショーツ一枚 （いちまい）
一件內褲

活用句 ショーツを買う。 （か）
購買內褲。

05. スカート 裙子 發音 suka-to

可以説 スカート一枚 （いちまい）
一件裙子

活用句 スカートの丈を直す。 （たけ）（なお）
改裙長。

06. ブラウス 女用襯衫 發音 burausu

可以説 ブラウス一着 （いっちゃく）
一件女用襯衫

活用句 白いブラウスはありま （しろ） すか。
有白色的女用襯衫嗎？

158

07. ニット服 針織衫
発音 nittofuku

可以説 **ニット服一枚**
一件針織衫

活用句 **ニット服の洗い方がわからない。**
不知道針織衫的洗法。

08. レギンス 內搭褲
発音 reginsu

可以説 **レギンス一枚**
一件內搭褲

活用句 **このレギンスはきついです。**
這件內搭褲很緊。

09. コート 外套 発音 ko-to

可以説 **コート一着**
一件外套

活用句 **コートを掛ける。**
掛外套。

10. ジーンズ 牛仔褲

可以説 **ジーンズ一枚**
一條牛仔褲

活用句 **ジーンズを履く。**
穿牛仔褲。

11. ドレス 洋装
也可以説 **ワンピース**
（用ワンピース的時候可指婚紗等禮服）
発音 doresu（wanpi-su）

可以説 **ドレス一着**
一件洋装

活用句 **シンプルなドレスを紹介してくれませんか。**
可以幫我介紹簡單的洋装嗎？

12. セーター 毛衣
発音 se-ta-

可以説 **セーター一枚**
一件毛衣

活用句 **セーターを畳む。**
折毛衣。

⊙ 短句 ^{たんく} 你百分百要學的！

與**女裝店**相關的常見短句看這邊

① 媽媽在女裝店裡挑選洋裝。

お母さんは婦人服の店でワンピースを選んでいます。

② 請問這件衣服有沒有大一點的尺寸？

あのう、この服、もう少し大きいサイズはありますか？

③ 這件紅色襯衫多少錢？

この赤いブラウスはいくらですか？

④ 針織衫不可以放進洗衣機洗，需要用手洗。

ニットは洗濯機に入れてはいけません。手洗いが必要です。

⑤ 這件紫色上衣有合適的褲子可以搭配嗎？

この紫の服に合うパンツはありますか？

⑥ 日本冬天很冷需要穿上毛衣及厚外套。

日本の冬は寒いので、セーターや厚いコートを着る必要があります。

⑦ 和服的穿法很複雜，尤其是腰帶的繫法。

着物の着付けは複雑で、特に帯の結び方です。

⑧ 姐姐最愛買成套的內衣跟內褲。

お姉ちゃんはセットのブラとショーツを買うのが大好きです。

⑨ 請給我看最新的服裝雜誌。

最新のファッション雑誌を見せてください。

⑩ 姐姐在這家女裝店沒找到喜歡的褲子。

姉はこの婦人服の店で気に入ったパンツを見つけられませんでした。

⊙ 會話（かいわ） 你絕對要會説的！

從**女裝店**裡常會出現的對話

店員（てんいん）
いらっしゃい、いらっしゃい。バーゲンセール開催（かいさい）中（ちゅう）で～す。

譯 來來來，跳樓大拍賣唷～～。

店員（てんいん）
奥さん、ぜひ見（み）て来（き）て。バーゲンは今日（きょう）だけですよ。

譯 這位太太趕快來看看，只有今天才有破盤大特價唷。

奥さんA（おく）
このブラウスの柄（がら）、きれい～～。

譯 這件**襯衫**花紋真好看。

奥さんB（おく）
このニット服（ふく）、質（しつ）はいいみたい。

譯 這件**針織衫**質料感覺蠻好的。

店員（てんいん）
コート、ドレス、ジーンズ、スカート、全部定価（ぜんぶていか）の9割引（わり）きで～～す。

譯 **外套**、**洋裝**、**牛仔褲**、**裙子**，通通定價打一折唷～～。

奥さんC（おく）
これは私（わたし）が先（さき）に見（み）てたセーターですよ。

譯 這是我先看到的**毛衣**耶。

奥さんD（おく）
私（わたし）のほうが先（さき）に見（み）てたのよ。

譯 是我先看到的吧。

奥さんC（おく）
後（うし）ろから押（お）さないでよ～

譯 後面的不要推啦。

店員（てんいん）
お急（いそ）ぎくださ～い。売切（うりき）れ次第（しだい）で終了（しゅうりょう）で～す。

譯 快來喔～～。賣完就提早結束囉～～。

Unit 02
男装店 <ruby>紳士服<rt>しんしふく</rt></ruby>

⊙ **単語** <ruby>単語<rt>たんご</rt></ruby> 你一定要熟記的！

從**男裝店**學到的單字有這些

01. マネキン　人型模特兒

發音 manekin

可以説 **マネキン<ruby>一体<rt>いったい</rt></ruby>**
一個人型模特兒

活用句 **マネキンを<ruby>並<rt>なら</rt></ruby>べる。**
排人型模特兒。

02. スーツ　西裝　發音 su-tsu

可以説 **スーツ<ruby>一揃<rt>ひとそろ</rt></ruby>い**
一套西裝（日本的一套常指包含背心、領帶等物）

活用句 **スーツを<ruby>一揃<rt>ひとそろ</rt></ruby>い<ruby>買<rt>か</rt></ruby>う。**
買一套西裝。

03. ベスト　背心

發音 besuto

可以説 **ベスト<ruby>一着<rt>いっちゃく</rt></ruby>**
一件背心

活用句 **ベストを<ruby>脱<rt>ぬ</rt></ruby>ぐ。**
脱背心。

04. ボタン　鈕扣　發音 botan

可以説 **ボタン<ruby>一個<rt>いっこ</rt></ruby>**
一顆鈕扣

活用句 **ボタンを<ruby>外<rt>はず</rt></ruby>す。**
解開鈕扣。

05. ポケット　口袋

發音 poketto

可以説 **ポケット<ruby>二<rt>ふた</rt></ruby>つ**
兩個口袋

活用句 **ポケットに<ruby>入<rt>い</rt></ruby>れる。**
放進口袋。

06. ワイシャツ　白襯衫

發音 waishatsu

可以説 **ワイシャツ<ruby>一枚<rt>いちまい</rt></ruby>**
一件白襯衫

活用句 **ワイシャツを<ruby>汚<rt>よご</rt></ruby>した。**
弄髒了白襯衫。

07. ネクタイ　領帶

發音 nekutai

可以説　ネクタイ一本（いっぽん）

一條領帶

活用句　ネクタイを締（し）める。

繫領帶。

08. ボウ　領結

也可以説　蝶（ちょう）ネクタイ

發音 bo-（cho-nekutai）

可以説　ボウ一個（いっこ）

一個領結

活用句　ボウを結（むす）ぶ。

打領結。

09. 靴下（くつした）　襪子

發音 kutsushita

可以説　靴下一足（くつしたいっそく）

一雙襪子

活用句　靴下（くつした）はくさいです。

襪子很臭。

10. ベルト　皮帶

發音 beruto

可以説　ベルト三本（さんぼん）

三條皮帶

活用句　太（ふと）いベルトが欲（ほ）しいです。

想要粗的皮帶。

11. スカーフ　圍巾

發音 suka-fu

可以説　スカーフ一枚（いちまい）

一條圍巾

活用句　スカーフを巻（ま）く。

圍圍巾。

12. 短パン（たん）　四角褲

發音 tanpan

可以説　短（たん）パン三枚（さんまい）

三件四角褲

活用句　この短（たん）パンが短（みじか）いです。

這四角褲很短。

⊙ 短句 ^{たんく} 你百分百要學的！

與**男裝店**相關的常見短句看這邊

① 山本先生在男裝店買了一條藍色領帶。

山本（やまもと）さんは紳士服（しんしふく）の店（みせ）で青（あお）のネクタイを買（か）いました。

② 男生領帶的種類跟花色很多，還有各種領結。

男（おとこ）の人のネクタイは種類と柄が多く、蝶ネクタイも色々あります。

③ 天冷時可以在西裝內加件背心禦寒。

寒（さむ）い日はスーツの中にベストを着て、寒さを防ぐことが出来ます。

④ 請問有花襯衫嗎？

花柄（はながら）のシャツはありますか？

⑤ 這套西裝多少錢？

このスーツはいくらですか？

⑥ 長褲可以修改嗎？

このズボン、寸法直（すんぽうなお）しができますか？

⑦ 店員會把最新一季的衣服穿在人形模特兒身上做廣告。

スタッフは最新（さいしん）の服（ふく）をマネキンに着（き）せて宣伝（せんでん）します。

⑧ 襯衫、背心、長褲、西裝、領帶……都可以隨意搭配成套。

シャツ、ベスト、ズボン、スーツ、ネクタイすべて自由（じゆう）に組（く）み合（あ）わせられます。

⑨ 有綠色的毛衣背心嗎？

緑色（みどりいろ）のベストはありますか？

⑩ 一般的西裝跟長褲會做同一花色。

スーツは普段（ふだん）、上着（うわぎ）とズボンを同（おな）じ柄（がら）で作（つく）ります。

⊙ 会話（かいわ）**你絕對要會説的！**

從**男裝店**裡常會出現的對話

男性（だんせい）

そのマネキンが着（き）ている服（ふく）はよさそうですね、
入（はい）ってみましょう。

譯 那個**人型模特兒**身上穿的衣服還不錯看的樣子，我們進去看看吧。

店員（てんいん）

いらっしゃいませ。何（なに）をお探（さが）しでしょうか。

譯 歡迎光臨，請問在找什麼呢？

男性（だんせい）

外（そと）のスーツを見（み）たいんですが。

譯 我想看看外面那套**西裝**。

店員（てんいん）

お客様（きゃくさま）はお目（め）が高（たか）い。あれは今（こん）シーズンの最新（さいしん）デザイン
でございます。

譯 這個客人您真有眼光，這是本季最新款式。

女性（じょせい）

試着（しちゃく）することができますか。

譯 可以試穿看看嗎？

店員（てんいん）

もちろんでございます。こちらのベストもごいっしょに
いかがですか。

譯 當然沒問題。要不要順便看看同系列的**背心**呢？

店員（てんいん）

当店（とうてん）ではネクタイとベルトも取（と）り扱（あつか）っております。ワイ
シャツにとても合（あ）いますよ。

譯 我們店裡還有**領帶**跟**皮帶**喔，搭配**白襯衫**都很適合。

男性（だんせい）

どうですか。

譯 覺得如何？

店員（てんいん）

お客様（きゃくさま）、こちらのスーツ、とてもお似合（にあ）いでございますよ。

譯 這位客人，這件**西裝**真是非常適合您呀。

女性（じょせい）

似合（にあ）うことは似合（にあ）いますが、値段（ねだん）は似合（にあ）いませんね。

譯 適合是適合啦，不過價錢不合適。

⊙ 單語 你一定要熟記的！

從鞋店學到的單字有這些

01. 革靴 皮鞋

發音 kawagutsu

可以說 革靴一足
一雙皮鞋

活用句 革靴を磨く。
擦皮鞋。

02. ハイヒール 高跟鞋

發音 haihi-ru

可以說 ハイヒール二足
兩雙高跟鞋

活用句 ハイヒールの高さは何センチですか。
高跟鞋有幾公分高呢？

03. 下駄 木屐 發音 geta

可以說 下駄三足
三雙木屐

活用句 下駄が履きにくいです。
木屐很難穿。

04. ブーツ 靴子

發音 bu-tsu

可以說 ブーツ四足
四雙靴子

活用句 ロングブーツを買いたいと思っている。
想要買長靴。

05. サンダル 涼鞋

發音 sandaru

可以說 サンダル五足
五雙涼鞋

活用句 履きやすいサンダルを探す。
找好穿的涼鞋。

06. スリッパ 拖鞋

發音 surippa

可以說 スリッパ六足
六雙拖鞋

活用句 海外旅行に便利な携帯スリッパを売っている。
有賣便於海外旅行時攜帶的拖鞋。

07. 履く 穿（鞋） 發音 haku

可以説 レインブーツを履く。
穿雨靴。

活用句 履いてもいい
ですか。
可以試穿了嗎？

08. 靴べら 鞋把 發音 kutsubera

可以説 靴べら一本
一根鞋把

活用句 靴べらを使う。
用鞋把。

09. 靴墨 鞋油 發音 kutsuzumi

可以説 靴墨一缶
一罐鞋油

活用句 靴墨を塗る。
塗鞋油。

10. インソール 鞋墊 發音 inso-ru

可以説 インソール一足
一雙鞋墊

活用句 これは消臭インソール
です。
這是除臭鞋墊。

11. スニーカー 運動鞋
也可以説 運動靴
發音 suni-ka-（undo-kutsu）

可以説 スニーカー七足
七雙運動鞋

活用句 スニーカーを干す。
曬運動鞋。

12. アグブーツ 雪靴 發音 agubu-tsu

可以説 アグブーツ八足
八霜雪靴

活用句 アグブーツを売ってい
ますか。
有賣雪靴嗎？

與**鞋店**相關的常見短句看這邊

① 冬天長靴跟雪靴很暢銷。

冬は、ブーツとムートンがよく売れます

② 夏天熱賣的是拖鞋。

夏によく売れるのはビーチサンダルです。

③ 女生最愛穿高跟鞋了。

女の子はハイヒールを履くのが大好きです。

④ 製作皮鞋的皮革種類越來越多，有羊皮、牛皮等等。

革靴の皮の種類が多くなり、シープスキンや牛革などがあります。

⑤ 購買皮鞋時一定要試穿，穿起來要合腳。

革靴を買うときは必ず試着をして、足に合うのを選びましょう。

⑥ 這雙鞋子還有其他顏色嗎？

この靴、他の色はありますか？

⑦ 我們有賣保養鞋子的鞋油跟鞋拔。

こちらは靴のメンテナンス用の靴墨と靴べらを売っています。

⑧ 我想買一雙低跟的鞋子給媽媽當母親節禮物。

私はローヒールの靴をお母さんに母の日のプレゼントするつもりです。

⑨ 弟弟腳太小了，只好在鞋子裡加鞋墊。

弟の足は小さすぎるのでインソールを敷くしかありません。

⑩ 這家店什麼款式的鞋子都有販售，因為是鞋子專賣店。

この店では、どんなデザインの靴も売っています。靴の専門店ですから。

⊙ 會話（かいわ）　你絕對要會説的！

從鞋店裡常會出現的對話

お客（きゃく）
すみません、革靴（かわぐつ）を見（み）たいんですが。
譯 不好意思，我想看看**皮鞋**。

店員（てんいん）
はい、靴（くつ）のサイズは。
譯 好的，請問您的尺寸是？

お客（きゃく）
よく覚（おぼ）えていません。
譯 我不太記得耶。

店員（てんいん）
大丈夫（だいじょうぶ）です。すぐお測（はか）りします。少々（しょうしょう）お待（ま）ちください。試着用（しちゃくよう）の靴（くつ）をご用意（ようい）いたします。
譯 沒關係，我馬上幫您測量。請稍等我一下，我去準備試穿的鞋子。

店員（てんいん）
どうぞ靴（くつ）べらをお使（つか）いください。サイズはいかがですか。
譯 請使用**鞋把**。尺寸可以嗎？

お客（きゃく）
ちょうどいいです。履（は）き心地（ごこち）もいいです。
譯 這雙剛好。**穿**起來也很舒服。

お客（きゃく）
この店（みせ）は靴（くつ）の種類（しゅるい）が多（おお）いですね。サンダルにスリッパ、下駄（げた）までもあります。
譯 你們店裡鞋子的種類很多耶。有**涼鞋**、**拖鞋**，連**木屐**都有。

店員（てんいん）
はい、アグブーツも取（と）り扱（あつか）っておりますよ。靴（くつ）の専門店（せんもんてん）ですから。
譯 是的，也有**雪靴**喔。因為我們是鞋子的專賣店。

お客（きゃく）
インソールと靴墨（くつずみ）も買（か）います。
譯 我還要買**鞋墊**跟**鞋油**。

店員（てんいん）
はい、お買（か）い上（あ）げいただき、ありがとうございました。
譯 好的，謝謝惠顧。

Unit 04
飾品配件アクセサリー

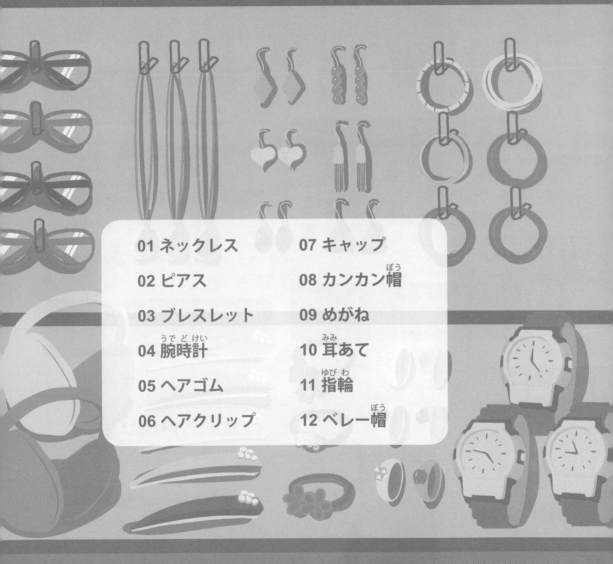

⊙ **單語** <ruby>單語<rt>たんご</rt></ruby> 你一定要熟記的！

從**飾品配件**學到的單字有這些

01. ネックレス　項鍊

發音 **nekkuresu**

可以説 **ネックレス<ruby>一本<rt>いっぽん</rt></ruby>**
一條項鍊

活用句 **ネックレスをつける。**
戴項鍊。

02. ピアス　耳環　發音 **piasu**

可以説 **ピアス<ruby>一個<rt>いっこ</rt></ruby>**
一個耳環

活用句 **ピアスをつける。**
戴耳環。

03. ブレスレット　手環

發音 **buresuretto**

可以説 **ブレスレット<ruby>一個<rt>いっこ</rt></ruby>**
一個手環

活用句 **ブレスレットをつけない。**
不戴手環。

04. <ruby>腕時計<rt>うで ど けい</rt></ruby>　手錶

發音 **udedoke-**

可以説 **<ruby>腕時計<rt>うで どけいひと</rt></ruby>一つ**
一支錶

活用句 **<ruby>右腕<rt>みぎうで</rt></ruby>に<ruby>腕時計<rt>うで ど けい</rt></ruby>をする。**
在右手腕戴錶。

05. ヘアゴム　髮束

發音 **heagomu**

可以説 **ヘアゴム<ruby>一個<rt>いっこ</rt></ruby>**
一個髮束

活用句 **ヘアゴムで<ruby>髪<rt>かみ</rt></ruby>を<ruby>縛<rt>しば</rt></ruby>る。**
用髮束綁頭髮。

06. ヘアクリップ

大髮夾　發音 **heakurippu**

可以説 **ヘアクリップ<ruby>一個<rt>いっこ</rt></ruby>**
一個大髮夾

活用句 **ヘアクリップを<ruby>買<rt>か</rt></ruby>った。**
買了大髮夾。

176

07. キャップ　棒球帽
發音 kyappu

可以説 キャップ三個（さんこ）
三頂棒球帽

活用句 キャップ、かぶっても
いいですか。
可以試戴帽子嗎？

08. カンカン帽（ぼう）　平頂草帽
發音 kankanbo-

可以説 カンカン帽三個（ぼうさんこ）
三頂平頂草帽

活用句 カンカン帽（ぼう）をかぶる。
戴平頂草帽。

09. めがね　眼鏡
發音 megane

可以説 めがね一本（いっぽん）
一副眼鏡

活用句 めがねを掛（か）けていな
い。
沒戴眼鏡。

10. 耳（みみ）あて　耳罩
也可以説 イヤーマフラー
發音 mimiate（ia-mafura-）

可以説 耳（みみ）あて三個（さんこ）
三副耳罩

活用句 耳（みみ）あてをつける。
戴耳罩。

11. 指輪（ゆびわ）　戒指　發音 yubiwa

可以説 指輪一個（ゆびわいっこ）
一個戒指

活用句 結婚指輪（けっこんゆびわ）をつけてい
る。
戴著結婚戒指。

12. ベレー帽（ぼう）　貝蕾帽
發音 bere-bo-

可以説 ベレー帽三個（ぼうさんこ）
三頂貝蕾帽

活用句 ベレー帽（ぼう）が飛（と）んだ。
貝蕾帽飛走了。

與飾品配件相關的常見短句看這邊

① 乘騎機車時需要戴安全帽。

バイクに<ruby>乗<rt>の</rt></ruby>る<ruby>時<rt>とき</rt></ruby>はヘルメットをかぶらなければなりません。

② 打棒球時要戴球帽。

<ruby>野球<rt>やきゅう</rt></ruby>をする<ruby>時<rt>とき</rt></ruby>は<ruby>野球帽<rt>やきゅうぼう</rt></ruby>をかぶります。

③ 工人進出工地要戴工地安全帽以保安全。

<ruby>作業員<rt>さぎょういん</rt></ruby>が<ruby>現場<rt>げんば</rt></ruby>を<ruby>出入<rt>では</rt></ruby>りするときは<ruby>安全<rt>あんぜん</rt></ruby>のためにヘルメットを<ruby>着用<rt>ちゃくよう</rt></ruby>します。

④ 求婚時男方會準備一個戒指向女方求婚。

プロポーズの<ruby>時<rt>とき</rt></ruby>、<ruby>男性<rt>だんせい</rt></ruby>は<ruby>指輪<rt>ゆびわ</rt></ruby>を<ruby>用意<rt>ようい</rt></ruby>して、<ruby>相手<rt>あいて</rt></ruby>にプロポーズします。

⑤ 媽媽出門時喜歡戴著耳環。

<ruby>母<rt>はは</rt></ruby>は<ruby>出掛<rt>でか</rt></ruby>けるとき、ピアスをするのが<ruby>好<rt>す</rt></ruby>きです。

⑥ 夏天時，姐姐喜歡將頭髮用髮束綁起來。

<ruby>夏<rt>なつ</rt></ruby>、<ruby>姉<rt>あね</rt></ruby>は<ruby>髪<rt>かみ</rt></ruby>をヘアゴムで<ruby>束<rt>たば</rt></ruby>ねるのが<ruby>好<rt>す</rt></ruby>きです。

⑦ 妹妹洗澡時，媽媽用大夾子將妹妹頭髮夾在頭上。

<ruby>妹<rt>いもうと</rt></ruby>が<ruby>お風呂<rt>ふろ</rt></ruby>に<ruby>入<rt>はい</rt></ruby>るとき、<ruby>母<rt>はは</rt></ruby>はヘアクリップで<ruby>妹<rt>いもうと</rt></ruby>の<ruby>髪<rt>かみ</rt></ruby>を<ruby>留<rt>と</rt></ruby>めました。

⑧ 帽子變化越來越多，有分冬天戴的跟夏天戴的帽子。

<ruby>帽子<rt>ぼうし</rt></ruby>のバリエーションが<ruby>増<rt>ふ</rt></ruby>えて、<ruby>冬用<rt>ふゆよう</rt></ruby>と<ruby>夏用<rt>なつよう</rt></ruby>に<ruby>分<rt>わ</rt></ruby>かれています。

⑨ 母親節時，我們送給媽媽的禮物是一支漂亮的手錶。

<ruby>母<rt>はは</rt></ruby>の<ruby>日<rt>ひ</rt></ruby>、<ruby>私<rt>わたし</rt></ruby>たちが<ruby>母<rt>はは</rt></ruby>にプレゼントしたのは、<ruby>綺麗<rt>きれい</rt></ruby>な<ruby>腕時計<rt>うでどけい</rt></ruby>です。

⑩ 姐姐的朋友送一對心型的耳環給姐姐當生日禮物。

<ruby>姉<rt>あね</rt></ruby>の<ruby>友達<rt>ともだち</rt></ruby>が<ruby>姉<rt>あね</rt></ruby>に<ruby>誕生日<rt>たんじょうび</rt></ruby>プレゼントとしてハートのネックレスをくれました。

會話 （かいわ） 你絕對要會説的！

從**飾品配件**裡常會出現的對話

店員（てんいん）
当店の指輪（ゆびわ）、ネックレス、ピアス及（およ）びブレスレットは
すべて純銀製（じゅんぎんせい）でございます。

> 譯 我們店裡的**戒指**、**項鍊**、**耳環**、**手環**全部都是用純銀打造的喔。

女性A（じょせい）
このデザイン、いいですね。

> 譯 這個款式還不錯。

女性B（じょせい）
これも綺麗（きれい）ですね。

> 譯 這個也蠻好看的。

女性A（じょせい）
まだほかにもいろんなアクセサリーがありますね。

> 譯 他們還有很多其他的配件耶。

女性B（じょせい）
このめがね、私（わたし）に似合（にあ）いますか。

> 譯 你看這**眼鏡**適不適合我？

女性A（じょせい）
このベレー帽（ぼう）をかぶると、画家（がか）みたいじゃないですか。

> 譯 我戴這個**貝蕾帽**像不像畫家呀？

女性B（じょせい）
耳（みみ）あてもある。かわい～～。

> 譯 還有**耳罩**耶，好可愛喔。

女性A（じょせい）
このピアスを１セット、包（つつ）んでください。

> 譯 我要買這對**耳環**，請幫我包起來。

Unit 05
運動用品店 スポーツ用品

よう ひん

⊙ **單語**（たんご） 你一定要熟記的！

從**運動運品店**學到的單字有這些

01. バスケットボール
籃球 　發音 basukettobo-ru

可以説 **バスケットボール一個**（いっこ）
一顆籃球

活用句 **頭**（あたま）**にバスケットボール が当**（あ）**たった。**
被籃球打到了頭。

02. 硬式ボール（こうしき） 硬式棒球
發音 ko-shikibo-ru

可以説 **硬式**（こうしき）**ボール一個**（いっこ）
一顆硬式棒球

活用句 **硬式**（こうしき）**ボールを打**（う）**つ。**
打硬式棒球。

03. バット 球棒
發音 batto

可以説 **バット一本**（いっぽん）
一根球棒

活用句 **バットが折**（お）**れた。**
球棒斷了。

04. グローブ 棒球手套
發音 guro-bu

可以説 **グローブ一個**（いっこ）
一個棒球手套

活用句 **グローブが破**（やぶ）**れた。**
棒球手套破了。

05. テニスラケット
網球拍 　發音 tenisuraketto

可以説 **テニスラケット二本**（にほん）
兩支網球拍

活用句 **テニスラケットの グリップを握**（にぎ）**る。**
握網球拍的握把。

06. テニスボール 網球
發音 tenisubo-ru

可以説 **テニスボール一個**（いっこ）
一顆網球

活用句 **テニスボールをなくし た。**
網球弄丟了。

07. バドミントンラケット 羽毛球拍
發音 badomintonraketto

可以説 バドミントンラケット 二本
兩支羽毛球拍

活用句 バドミントンラケットの選び方を調べる。
調查羽毛球拍的選法。

08. バドミントンのシャトル 羽毛球
發音 badomintonnoshatoru

可以説 バドミントンのシャトル一個
一顆羽毛球

活用句 バドミントンのシャトルは軽いです。
羽毛球很輕。

09. ピンポン玉 桌球
發音 pinpondama

可以説 ピンポン玉一個
一顆桌球

活用句 ピンポン玉を踏んでしまった。
踩到桌球了。

10. ピンポンラケット 桌球拍
發音 pinponraketto

可以説 ピンポンラケット二本
兩支球拍

活用句 あの店で安いピンポンラケットを買った。
在那間店買了便宜的桌球拍。

11. ホイッスル 哨子
發音 hoissuru

可以説 ホイッスル一個
一個哨子

活用句 ホイッスルを吹く。
吹哨子。

12. 柔道着 柔道服
發音 ju-do-gi

可以説 柔道着一着
一件柔道服

活用句 柔道着は洗うと縮むから大きめを買うというのは鉄則です。
柔道服洗了會縮水，所以買大件一點是鐵則。

183

與**運動用品店**相關的常見短句看這邊

① 打棒球要準備：棒球、棒球手套、球棒跟帽子。

<ruby>野球<rt>やきゅう</rt></ruby>をする<ruby>時<rt>とき</rt></ruby>は、ボール、グローブ、バットと<ruby>帽子<rt>ぼうし</rt></ruby>を<ruby>用意<rt>ようい</rt></ruby>します。

② 有賣高爾夫球嗎？

ゴルフボールは<ruby>売<rt>う</rt></ruby>っていますか？

③ 這組羽毛球多少錢？

このバドミントンセットはいくらですか？

④ 街上的運動用品店在特價。

<ruby>町<rt>まち</rt></ruby>のスポーツ<ruby>店<rt>てん</rt></ruby>がセールをしてるよ。

⑤ 這雙運動鞋還有其他尺寸嗎？

この<ruby>運動靴<rt>うんどうぐつ</rt></ruby>、ほかのサイズはありますか？

⑥ 可以便宜一點嗎？

もう<ruby>少<rt>すこ</rt></ruby>し<ruby>安<rt>やす</rt></ruby>くなりませんか？

⑦ 請問有賣棒球衣嗎？

<ruby>野球<rt>やきゅう</rt></ruby>のウエアはありますか？

⑧ 這頂帽子是男生的嗎？

この<ruby>帽子<rt>ぼうし</rt></ruby>は<ruby>男性用<rt>だんせいよう</rt></ruby>ですか？

⑨ 有小尺寸的柔道服嗎？

<ruby>小<rt>ちい</rt></ruby>さいサイズの<ruby>柔道着<rt>じゅうどうぎ</rt></ruby>はありますか？

⑩ 這雙慢跑鞋有其他顏色嗎？

このジョギングシューズ、<ruby>違<rt>ちが</rt></ruby>う<ruby>色<rt>いろ</rt></ruby>がありますか？

⊙ **會話** 你絕對要會說的！
從**運動用品店**裡常會出現的對話

息子
お父さん、学校の野球部に入ったから、野球用品を買いたいんだけど。

譯 爸，我參加了學校的棒球社，我想買棒球用品。

父
バットを買いたいのか。

譯 你想買**球棒**呀？

息子
うん、それとグローブと硬式ボールも欲しいんだけど、いい？

譯 對，我也想要**手套**還有**硬式棒球**，可以嗎？

父
うん…、仕方ない、ちょっと高いけど。大切にするんだよ。

譯 嗯，好吧，雖然有點貴。你要好好珍惜喔。

息子
お父さん、ありがとう。大好き～！

譯 我會的，謝謝爸爸。我最喜歡爸爸了。

父
俺のテニスラケットもちょうど壊れてるから、ついでにここで新しいのを買おうかな。

譯 我的**網球拍**也剛好壞了，順便在這邊買一支新的好了。

息子
お母さんとお姉さんが使ってるバドミントンラケットも壊れてて、バドミントンのシャトルもあと一個しかないよ。

譯 媽媽跟姊姊用的**羽毛球拍**也壞掉了，**羽毛球**也只剩一個了。

父
なぜ家族みんなのが壊れてしまってるんだ？

譯 怎麼全家的東西都壞光光了？

Unit 06
藥妝店 ドラッグストア

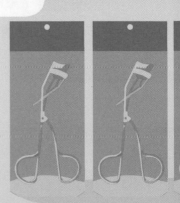

⊙ 單語 _{たんご} 你一定要熟記的！

從**藥妝店**學到的單字有這些

---

01. 化粧水 _{け しょうすい}　化妝水

發音 kesho-sui

可以説　化粧水一本 _{け しょうすいいっぽん}
一瓶化妝水

活用句　美白化粧水を買 _{び はくけ しょうすい}_か
いたいです。
想買美白化妝水。

---

02. 乳液 _{にゅうえき}　乳液　發音 nyu-eki

可以説　乳液一本 _{にゅうえきいっぽん}
一瓶乳液

活用句　乳液を持って来 _{にゅうえき}_も_く
るのを忘れた。 _{わす}
忘記帶乳液了。

---

03. 香水 _{こうすい}　香水　發音 ko-sui

可以説　香水一本 _{こうすいいっぽん}
一瓶香水

活用句　この香水はいい匂いっ _{こうすい}_{にお}
て言われた。 _い
這香水被説很好聞。

---

04. 口紅 _{くちべに}　口紅　發音 kuchibeni

可以説　口紅一本 _{くちべにいっぽん}
一支口紅

活用句　口紅を塗る。 _{くちべに}_ぬ
塗口紅。

---

05. パウダー　粉餅

也可以説　ファンデーション

（用パウダー的時候，是對
「底妝產品」的總稱）

發音 pauda-（fande-shon）

可以説　パウダー一個 _{いっ こ}
一塊粉餅

活用句　おすすめのパウダーは
ありますか。
有推薦的粉餅嗎？

---

06. チークカラー　腮紅

發音 chi-kukara

可以説　チークカラー一個 _{いっ こ}
一塊腮紅

活用句　チークカラーが割れ _わ
た。
腮紅碎了。

07. アイシャドー　眼影

發音 aishado-

可以説 アイシャドー一個
一盒眼影

活用句 これはアイシャドーを塗る前の下地です。
這是上眼影前的打底。

08. アイブローペンシル

眉筆　發音 aiburo-penshiru

可以説 アイブローペンシル一本
一支眉筆

活用句 アイブローペンシルを削る。
削眉筆。

09. アイライナー　眼線筆

發音 airaina-

可以説 アイライナー一本
一支眼線筆

活用句 アイラインを描くための化粧品はアイライナーと呼ぶ。
畫眼線的化妝品叫眼線筆。

10. ビューラー　睫毛夾

發音 byu-ra-

可以説 ビューラー一つ
一支睫毛夾

活用句 ビューラーでまつ毛を挟む。
用睫毛夾夾睫毛。

11. クレンジングオイル

卸妝油　發音 kurenjinguoiru

可以説 クレンジングオイル一本
一瓶卸妝油

活用句 クレンジングオイルを試す。
試用卸妝油。

12. シートマスク　面膜

發音 shi-tomasuku

可以説 シートマスク一枚
一張面膜

活用句 シートマスクで顔を覆う。
用面膜敷臉。

189

⊙ 短句 たんく [你百分百要學的！]

與藥妝店相關的常見短句看這邊

① 日本藥妝店是觀光客最愛逛的商店。

日本（にほん）のドラッグストアは観光客（かんこうきゃく）が一番（いちばん）好（す）きな店（みせ）です。

② 愛紗小姐在藥妝店當店員，每天都很有耐心的幫客人解說產品。

愛紗（あいさ）さんはドラッグストアで店員（てんいん）として働（はたら）いていて、毎日辛抱強（まいにちしんぼうづよ）く お客様（きゃくさま）のために商品（しょうひん）の説明（せつめい）をしています。

③ 喂～田中小姐，有藥妝店在特價，下班後一起去搶購？

ねぇ、田中（たなか）さん、ドラッグストアがセール中（ちゅう）なので、仕事終（しごとおわ）ったら 行（い）きませんか？

④ 請問這組化妝品有買一送一的優惠嗎？

この化粧品（けしょうひん）セットは、一（ひと）つ買（か）うと、もれなく一（ひと）つプレゼントキャン ペーンをしていますか？

⑤ 姐姐喜歡在藥妝店購買化妝品，因為可以先試用滿意才買。

姉（あね）はドラッグストアで化粧品（けしょうひん）を買（か）うことが好（す）きです。それは、試（ため）し てから買（か）えるからです。

⑥ 藥妝店也有販賣男生的保養品及家庭的日常用品。

ドラッグストアでは男（おとこ）の人（ひと）の化粧品（けしょうひん）や日用品（にちようひん）も売（う）っています。

⑦ 藥妝店的化妝品比百貨公司平價是女生最愛的原因。

ドラッグストアの化粧品（けしょうひん）は、デパートより安（やす）いのことが女（おんな）の子（こ）に愛（あい） される理由（りゆう）です。

⑧ 日本藥妝店很多產品沒有在國外販售。

日本（にほん）のドラッグストアにあるほとんどの商品（しょうひん）は、海外（かいがい）では売（う）ってい ません。

Part 5 購物血拼

190

⊙ **會話** ^{かいわ} 你絕對要會説的！

從**藥妝店**裡常會出現的對話

観光客A
^{かんこうきゃく}

日本のドラッグストアで売っているものは、本当にいろいろですね。

> 譯 日本的藥妝店賣的東西真是琳瑯滿目呀。

観光客A
^{かんこうきゃく}

一般の化粧用品例えば化粧水や乳液のほかに、いろいろな医薬品や、日用品、食品なども売っていますね。

> 譯 除了一般的化妝用品如**化妝水**、**乳液**外，也有販賣各式醫藥品、日用品及一些食品等。

観光客B
^{かんこうきゃく}

だいたい台湾と同じですね。

> 譯 大致上來説跟台灣是差不多的。

観光客A
^{かんこうきゃく}

このドラッグストアはお客さんが多いですね。

> 譯 這間藥妝店的客人還真是多。

観光客B
^{かんこうきゃく}

そうですね、わざわざ飛行機で海外から宝探しにきた人がたくさんいると聞いています。

> 譯 是呀，聽説很多人是專程從國外搭飛機來尋寶的。

観光客C
^{かんこうきゃく}

これこれ！この口紅、台湾では買えないのよ。

> 譯 這個這個，就是這個**口紅**！這個台灣買不到喔。

観光客D
^{かんこうきゃく}

わあ〜、このアイシャドー、パウダー、チークカラー、とても使いやすいんだって。

> 譯 哇，還有這個**眼影**、**粉餅**、**腮紅**，聽説非常好用耶。

観光客A
^{かんこうきゃく}

じゃあ、僕も買おうかなあ。

> 譯 那我也來買一下好了。

Unit 07
超級市場 スーパー

⊙ **單語** (たんご) 你一定要熟記的！

從**超級市場**學到的單字有這些

01. 缶詰 (かんづめ) 罐頭 發音 kanzume

可以説 **缶詰一個** (かんづめいっこ)
一個罐頭

活用句 **缶詰を開ける。** (かんづめ・あ)
開罐頭。

02. 肉 (にく) 肉 發音 niku

可以説 **肉100グラム** (にく)
肉一百公克

活用句 **肉を冷蔵庫に入れる。** (にく・れいぞうこ・い)
把肉放進冰箱。

03. 魚 (さかな) 魚 發音 sakana

可以説 **魚一尾／一匹** (さかないちび／いっぴき)
（一尾魚）（一尾是用來計算較大的魚）(いちび)

活用句 **魚を釣る。** (さかな・つ)
釣魚。

04. ボディーシャンプー
沐浴乳　發音 bodi-shanpu

可以説 **ボディーシャンプー一本** (いっぽん)
一瓶沐浴乳

活用句 **ボディーシャンプーを使う。** (つか)
用沐浴乳。

05. ショッピングカート
購物車
發音 shoppinguka-to

可以説 **ショッピングカート一台** (いちだい)
一台購物車

活用句 **ショッピングカートに入れる。** (い)
放進購物車。

06. 生理用品 (せいりようひん) 生理用品
發音 se-riyo-hin

可以説 **生理用品をどこにしまっていますか。** (せいりようひん)
生理用品放在哪呢？

活用句 **生理用品を紙袋に入れる。** (せいりようひん・かみぶくろ・い)
把生理用品放進紙袋。

194

07. バナナ　香蕉
発音 banana

可以説　バナナ一本（いっぽん）
一根香蕉

活用句　バナナの皮（かわ）を剥く（む）。
撥香蕉皮。

08. すいか　西瓜　発音 suika

可以説　すいか一玉（ひとたま）
一顆西瓜

活用句　すいかを切（き）る。
切西瓜。

09. トマト　番茄
発音 tomato

可以説　トマト一個（いっこ）
一顆番茄

活用句　トマトを植（う）える。
種番茄。

10. 葡萄（ぶどう）　葡萄　発音 budo-

可以説　葡萄一房（ぶどうひとふさ）
一串葡萄

活用句　葡萄（ぶどう）を採（と）る。
採葡萄。

11. ほうれん草（そう）　菠菜
発音 ho-renso-

可以説　ほうれん草一把（そういちわ）
一把菠菜

活用句　ポパイはほうれん草（そう）の缶詰（かんづめ）が好（す）きです。
卜派喜歡菠菜罐頭。

12. 玉ねぎ（たま）　洋蔥
発音 tamanegi

可以説　玉ねぎ一個（たま）（いっこ）
一顆洋蔥

活用句　玉ねぎを切（たま）（き）ると涙（なみだ）が出（で）る。
切洋蔥會流眼淚。

與超級市場相關的常見短句看這邊

① 弟弟去超級市場時最愛推推車了。

<ruby>弟<rt>おとうと</rt></ruby> はスーパーでカートを<ruby>推<rt>お</rt></ruby>すのが<ruby>好<rt>す</rt></ruby>きです。

② 颱風來臨前要先去超級市場補充日用品及糧食。

<ruby>台風<rt>たいふう</rt></ruby>が<ruby>来<rt>く</rt></ruby>る<ruby>前<rt>まえ</rt></ruby>は、スーパーへ<ruby>行<rt>い</rt></ruby>って<ruby>日用品<rt>にちようひん</rt></ruby>や<ruby>食料<rt>しょくりょう</rt></ruby>の<ruby>買出<rt>かいだ</rt></ruby>しをします。

③ 這裡的生鮮產品很新鮮。

ここの<ruby>生<rt>なま</rt></ruby>ものはとても<ruby>新鮮<rt>しんせん</rt></ruby>です。

④ 水果是從產地直接送過來的。

<ruby>果物<rt>くだもの</rt></ruby>は<ruby>産地<rt>さんち</rt></ruby>から<ruby>直送<rt>ちょくそう</rt></ruby>しています。

⑤ 蔬菜是溫室的有機蔬菜，沒有農藥可以安心享用。

<ruby>野菜<rt>やさい</rt></ruby>は<ruby>温室<rt>おんしつ</rt></ruby>の<ruby>有機野菜<rt>ゆうきやさい</rt></ruby>で<ruby>農薬<rt>のうやく</rt></ruby>を<ruby>使<rt>つか</rt></ruby>っていないので、<ruby>安心<rt>あんしん</rt></ruby>して<ruby>食<rt>た</rt></ruby>べられます。

⑥ 今天肉品特價值得多採購。

<ruby>今日<rt>きょう</rt></ruby>は<ruby>肉<rt>にく</rt></ruby>が<ruby>安<rt>やす</rt></ruby>くなっているので、たくさん<ruby>買<rt>か</rt></ruby>ったらお<ruby>得<rt>とく</rt></ruby>です。

⑦ 日本超級市場除了販賣日本商品外，還銷售國外產品。

<ruby>日本<rt>にほん</rt></ruby>のスーパーでは、<ruby>日本<rt>にほん</rt></ruby>の<ruby>商品<rt>しょうひん</rt></ruby><ruby>以外<rt>いがい</rt></ruby>にも<ruby>外国<rt>がいこく</rt></ruby>の<ruby>商品<rt>しょうひん</rt></ruby>を<ruby>売<rt>う</rt></ruby>っています。

⑧ 日本無子葡萄很有名也很好吃，還外銷到其他國家。

<ruby>日本<rt>にほん</rt></ruby>の<ruby>種無<rt>たねな</rt></ruby>し<ruby>葡萄<rt>ぶどう</rt></ruby>は<ruby>有名<rt>ゆうめい</rt></ruby>でおいしくて、<ruby>他<rt>ほか</rt></ruby>の<ruby>国<rt>くに</rt></ruby>にも<ruby>輸出<rt>ゆしゅつ</rt></ruby>しています。

⑨ 水蜜桃果肉厚實又多汁，是許多人最愛吃的水果。

<ruby>果肉<rt>かにく</rt></ruby>が<ruby>厚<rt>あつ</rt></ruby>くてジューシーな<ruby>桃<rt>もも</rt></ruby>は、みんなが<ruby>好<rt>す</rt></ruby>きな<ruby>果物<rt>くだもの</rt></ruby>です。

⑩ 微波食品直接放進微波爐即可食用。

<ruby>冷凍食品<rt>れいとうしょくひん</rt></ruby>はレンジに<ruby>入<rt>い</rt></ruby>れて、<ruby>温<rt>あたた</rt></ruby>めればすぐ<ruby>食<rt>た</rt></ruby>べられます。

⊙ 會話 _{かいわ} 你絕對要會說的！

從超級市場裡常會出現的對話

母 _{はは}
今晩の料理に使う材料を買おうね。

譯 我們來買今天晚上料理要用的材料吧。

娘 _{むすめ}
私は魚の蒸し料理、そしてチンジャオロースを食べたい。

譯 我想吃清蒸魚還有青椒炒牛肉。

母 _{はは}
はい。ついでに味噌汁も作ろうね。

譯 好呀，順便煮個味噌湯好了。

娘 _{むすめ}
今、ほうれん草と玉ねぎの特売をしてるよ。

譯 現在菠菜跟洋蔥在特價耶。

母 _{はは}
じゃ、野菜を買おうか。葡萄とバナナも少し買おう。

譯 嗯，買點蔬菜好了。葡萄跟香蕉也買一點。

娘 _{むすめ}
ショッピングカートの中の物を確認しよう。

譯 我們來確認一下購物車裡的東西吧。

母 _{はは}
缶詰、魚、肉、野菜…。何か忘れてるような気がするんだけど…。

譯 罐頭、魚、肉、蔬菜……。覺得好像還忘了什麼。

娘 _{むすめ}
あ、ボディーシャンプーだ！

譯 還少沐浴乳！

母 _{はは}
そうそう、それ。それだ。あなたを連れてきて良かった〜。

譯 對對，就是那個，好險有帶你來〜。

娘 _{むすめ}
じゃあ、ボディーシャンプーを取りにいこう。

譯 那我們去拿沐浴乳吧。

Unit 08
便利商店コンビニ

⊙ 單語 <small>たんご</small> 你一定要熟記的！

從**便利商店**學到的單字有這些

01. プリン　布丁　發音 purin

可以説　プリン一個 <small>いっこ</small>
一個布丁

活用句　プリンを食べる。 <small>た</small>
吃布丁。

02. シュークリーム

泡芙　發音 sku-kuri-mu

可以説　シュークリーム一個 <small>いっこ</small>
一個泡芙

活用句　シュークリームを焼 <small>や</small>
く。
烤泡芙。

03. ゼリー　果凍　發音 zeri-

可以説　ゼリー一個 <small>いっこ</small>
一個果凍

活用句　ゼリーは弾力性のある <small>だんりょくせい</small>
半固体のものです。 <small>はんこたい</small>
果凍是有彈性的半固體。

04. おにぎり　飯糰
發音 onigiri

可以説　おにぎり一個 <small>いっこ</small>
一個飯糰

活用句　おにぎりを握る。 <small>にぎ</small>
捏飯糰。

05. 肉まん <small>にく</small>　肉包
發音 nikuman

可以説　肉まん一個 <small>にく　いっこ</small>
一個肉包

活用句　肉まんをふかす。 <small>にく</small>
蒸肉包。

06. 払う <small>はら</small>　付錢　發音 harau

可以説　お金を払う。 <small>かね　はら</small>
付錢。

活用句　私が払う。 <small>わたし　はら</small>
我付錢。

200

07. ウーロン茶 烏龍茶

發音 u-roncha

可以説 **ウーロン茶一本**
一瓶烏龍茶

活用句 **ウーロン茶を飲む。**
喝烏龍茶。

08. ミネラルウォーター

礦泉水 發音 mineraruwo-ta-

可以説 **ミネラルウォーター一本**
一瓶礦泉水

活用句 **ミネラルウォーターしか飲まない。**
只喝礦泉水。

09. タバコ 香菸

發音 tabako

可以説 **タバコ一本**
一支菸

活用句 **タバコをやめる。**
戒菸。

10. インスタントラーメン

泡麵 發音 insutantora-men

可以説 **インスタントラーメン一杯**
一碗泡麵

活用句 **大阪にインスタントラーメン発明記念館がある。**
在大阪有泡麵發明紀念館。

11. 新聞 報紙 發音 shinbun

可以説 **新聞一部**
一份報紙

活用句 **新聞を配達する。**
送報紙。

12. 雑誌 雜誌 發音 zasshi

可以説 **雑誌一冊**
一本雜誌

活用句 **コンビニで雑誌を買った。**
在便利商店買了雜誌。

⊙ 短句 <ruby>短句<rt>たんく</rt></ruby> 你百分百要學的！

與**便利商店**相關的常見短句看這邊

① 伊藤小姐每天會在便利商店購買報紙及早餐。

伊藤さんは毎日コンビニで、新聞と朝ごはんを買います。

② 便利商店舉辦早餐購買飯糰送飲料，吸引了很多上班族購買。

コンビニがおにぎりを買うとジュースをサービスするキャンペーンを行い、サラリーマンを引き付けました。

③ 便利商店在舉辦咖啡買一送一的活動。

コンビニで、コーヒーを一杯買うと、もれなく一杯プレゼントキャンペーンをしています。

④ 24小時營業的便利商店非常方便。

24時間営業のコンビニは、とても便利です。

⑤ 有些上班族三餐都在便利商店解決。

一部のサラリーマンたちは、三食をコンビニで済ましています。

⑥ 小朋友最愛去便利商店買零食。

子供たちは、コンビニでお菓子を買うことが大好きです。

⑦ 便利商店有販售微波食品跟生菜沙拉耶！

コンビニには冷凍食品とサラダが売られているよ！

⑧ 請問冰淇淋多少錢？

アイスクリームはいくらですか？

⑨ 便利商店有冰涼食品還有熱食。

コンビニには、冷たいものも温かいものもあります。

○ **會話** かいわ 你絕對要會説的！

從**便利商店**裡常會出現的對話

店員 てんいん

いらっしゃいませ！

> 譯 歡迎光臨！

観光客A かんこうきゃく

日本のコンビニは台湾と似ていますね。肉まんとか
おにぎりなども売っています。

> 譯 日本的便利商店跟台灣很像耶。也有賣**肉包**、**飯糰**之類的。

観光客A かんこうきゃく

ウーロン茶の種類だけで台湾の何倍もありますね。

> 譯 光是**烏龍茶**種類就是台灣的好幾倍呢。

観光客B かんこうきゃく

新商品導入も早いですが、淘汰されるのも早いで
す。

> 譯 他們雖然新品上架速度快，相對地被淘汰速度也很快。

観光客A かんこうきゃく

そうですね。

> 譯 説得也是。

観光客A かんこうきゃく

デザート系を食べてみたいな。プリン、シュークリ
ームとゼリー。台湾よりおいしいかどうか試してみ
ます。

> 譯 我想嚐嚐看他們甜點系列：**布丁**、**泡芙**還有**果凍**，看看有沒
> 有比台灣的好吃。

観光客B かんこうきゃく

ホテルに戻ってから、夜食にインスタントラーメン
を食べたいです。

> 譯 回飯店後我想吃**泡麵**當宵夜。

観光客B かんこうきゃく

お金を払いに行きましょう。

> 譯 我們去**付錢**吧。

店員 てんいん

ありがとうございました！！

> 譯 謝謝光臨！

PART 6

其他生活場合

音檔連結

因各家手機系統不同，若無法直接掃描，
仍可以至以下電腦雲端連結下載收聽。
（https://tinyurl.com/78mpdrj2）

Unit 01
教室内 <ruby>教室<rt>きょうしつ</rt></ruby>

$$2(\frac{\sqrt{3}}{2}+x)+7=52$$

$$x=?$$

01 黒板 こくばん	07 机 つくえ
02 黒板消し こくばんけ	08 椅子 いす
03 チョーク	09 定規 じょうぎ
04 修正液 しゅうせいえき	10 演壇 えんだん
05 書く か	11 コンパス
06 筆箱 ふでばこ	12 教科書 きょうかしょ

⊙ 單語 たんご 你一定要熟記的！

從客廳學到的單字有這些

01. 黑板 こくばん　黑板　發音 kokuban

可以説 黑板一枚 こくばんいちまい

一塊黑板

活用句 黑板に落書きをする。 こくばん　らくが

在黑板上塗鴉。

$2(\frac{\pi}{3}+x)+7=52$

02. 黑板消し こくばん　け　板擦

發音 kokubankeshi

可以説 黑板消し一個 こくばん　け　いっこ

一個板擦

活用句 黑板消しで黑板に書か こくばん　け　こくばん　か
れた字を消す。 じ　け

用板擦把黑板上寫的字擦
掉。

03. チョーク 粉筆

發音 cho-ku

可以説 チョーク一本 いっぽん

一支粉筆

活用句 花をチョークで描く。 はな　か

用粉筆畫花。

04. 修正液 しゅうせいえき　修正液

發音 shu-se-eki

可以説 修正液一本 しゅうせいえきいっぽん

一支修正液

活用句 修正液は白色であ しゅうせいえき　はくしょく
ることが多いです。 おお

修正液大多是白色的。

05. 書く か　書寫　發音 kaku

可以説 文章を書く。 ぶんしょう　か

寫文章。

活用句 ここで書く。 か

寫在這裡。

06. 筆箱 ふでばこ　鉛筆盒

發音 fudebako

可以説 筆箱一個 ふでばこいっこ

一個鉛筆盒

活用句 筆箱の中身を見せてく ふでばこ　なかみ　み
ださい。

請讓我看鉛筆盒裡面。

07. 机 課桌 發音 tsukue
つくえ

可以説 机一台
つくえいちだい
一張課桌

活用句 机を並べる。
つくえ なら
排課桌。

08. 椅子 椅子 發音 isu
いす

可以説 椅子一脚
いす いっきゃく
一張椅子

活用句 椅子を買う前に実際に座ってみる。
いす か まえ じっさい すわ
買椅子前實際坐看看。

09. 定規 尺 發音 jo-gi
じょうぎ

可以説 定規一本
じょうぎ いっぽん
一支尺

活用句 定規を折る。
じょうぎ お
把尺折斷。

10. 演壇 也可以説 教卓
えんだん きょうたく

講台（用教卓的時候專指教室的講台）
きょう

發音 endan（kyo-taku）

可以説 演壇一台
えんだんいちだい
一個講台

活用句 演壇に登る。
えんだん のぼ
上講台。

11. コンパス 圓規
發音 konpasu

可以説 コンパス一個
いっこ
一支圓規

活用句 コンパスで円を描く。
えん か
用圓規畫圓。

12. 教科書 課本
きょうかしょ

發音 kyo-kasho

可以説 教科書一冊
きょう か しょいっさつ
一本教科書

活用句 教科書を勉強する。
きょう か しょ べんきょう
讀教科書。

⊙ 短句 たんく 你百分百要學的！

與**教室內**相關的常見短句看這邊

① 鈴木老師在講台上認真的解説。

すずき せんせい きょうたく ねっしん せつめい
鈴木先生は教卓で熱心に説明をしています。

② 學生們很努力的專心聽講做筆記。

せいと しゅうちゅう じゅぎょう き
生徒たちは集中して授業を聞いて、ノートをとっています。

③ 老師將重點寫在黑板上逐一講解。

せんせい こくばん か ひと せつめい
先生はポイントを黒板に書いて、一つずつ説明しています。

④ 山本同學拿出書本與鉛筆盒準備上課。

やまもと きょうかしょ ふでばこ だ じゅぎょうじゅんび
山本さんは教科書と筆箱を出して授業の準備をしました。

⑤ 下課了大家還是會留在教室裡聊天。

じゅぎょう おわ きょうしつ のこ
授業が終っても、みんな教室に残っておしゃべりをしています。

⑥ 田中同學是今天的值日生，下課時要拿板擦將黑板的字擦乾淨。

たなか きょう にっちょく じゅぎょう おわ こくばんけ こくばん じ
田中さんは今日の日直です、授業が終ったら黒板消しで黒板の字を
け
きれいに消してください。

⑦ 中村同學忘記帶課本，被老師罰站在講台上。

なかむら きょうかしょ わす せんせい きょうだん た
中村さんは教科書を忘れて、先生に教壇に立たされました。

⑧ 佐藤同學不小心把白色修正液沾到手指上。

さとう しゅうせいえき ゆび
佐藤さんはうっかり修正液を指につけてしまいました。

⑨ 圓規掉到地上被同學踩斷了。

ゆか お ともだち ふ こわ
コンパスを床に落として、友達に踏み壊されました。

⑩ 教室裡的桌子跟椅子都是黃色的。

きょうしつ つくえ いす ぜんぶ きいろ
教室の机と椅子は全部黄色です。

⊙ 會話 （かいわ） 你絕對要會説的！

從**教室內**裡常會出現的對話

班長

起立！礼！着席！

譯 起立！敬禮！坐下！

先生

これから数学の授業を始めます。教科書と定規とコンパスを出してください。

譯 接下來我們來上數學課，大家把**課本**、**尺**跟**圓規**拿出來。

生徒たち

はい。

譯 好。

先生

まずは質問です。2掛ける15、足す6、割る2はいくつでしょうか。

譯 首先先問一個問題，2 乘以15加6後再除以2是多少？

先生

分かる人、手を挙げてください。

譯 會解答的舉手。

生徒A

はいはい私、私です。

譯 我我我！

先生

前に来て、チョークで黒板に答えを書いてください。

譯 好，來前面這邊，用**粉筆**在**黑板**上**寫**下答案。

生徒A

答えは18です。

譯 答案是18。

先生

正解です。皆さん拍手してください。

譯 正確，請大家鼓鼓掌。

生徒B

修正液を貸してください。書き間違いました。

譯 **修正液**借我一下，我寫錯了。

Unit 02
學校操場 運動場
うんどうじょう

⊙ 單語 ^{たんご} 你一定要熟記的！

從**學校操場**學到的單字有這些

01. トラック　跑道
發音 torakku

可以説 トラックを一周 ^{いっしゅう} する。
繞一圈操場。

活用句 これは100メートル
トラックです。
這是100公尺的跑道。

02. 走 ^{はし} る　跑　發音 hashiru

可以説 廊下 ^{ろうか} を走 ^{はし} らないように
してください。
請不要在走廊上跑。

活用句 一生懸命 ^{いっしょうけんめい} に走 ^{はし} る。
拚命地跑。

03. 体操着 ^{たいそうぎ} 　體育服
發音 taiso-gi

可以説 体操着一着 ^{たいそうぎいっちゃく}
一件體育服

活用句 体操着 ^{たいそうぎ} を着 ^き る。
穿體育服。

04. ブランコ　鞦韆
發音 buranko

可以説 ブランコ一台 ^{いちだい} ／一基 ^{いっき}
一座鞦韆

活用句 ブランコに乗 ^の る。
盪鞦韆。

05. 先生 ^{せんせい} 　老師　發音 sense-

可以説 先生一人 ^{せんせいひとり}
一個老師

活用句 厳 ^{きび} しい先生 ^{せんせい} は良 ^い
い先生 ^{せんせい} ですか。
嚴厲的老師就是
好老師嗎？

06. 生徒 ^{せいと} 　學生　發音 se-to

可以説 生徒三十人 ^{せいとさんじゅうにん}
三十個學生

活用句 生徒 ^{せいと} に教 ^{おし} える。
教學生。

07. 砂場 (すなば) 沙坑 發音 sunaba

可以説 **砂場一つ** (すなばひとつ)
一座沙坑

活用句 **砂場で遊ぶ。** (すなばであそぶ)
在沙坑玩。

08. 芝生 (しばふ) 草地 發音 shibafu

可以説 **芝生でピクニック。** (しばふ)
在草地上野餐。

活用句 **芝生を植える。** (しばふをうえる)
種植草地。

09. 木 (き) 樹 發音 ki

可以説 **木一本** (きいっぽん)
一棵樹

活用句 **木を切る。** (きをきる)
砍樹。

10. シーソー 翹翹板 發音 shi-so-

可以説 **シーソー一台** (いちだい)
一座翹翹板

活用句 **シーソーに座る。** (すわる)
坐翹翹板。

11. 鉄棒 (てつぼう) 單槓 發音 tetsubo-

可以説 **鉄棒一基** (てつぼういっき)
一座單槓

活用句 **鉄棒を作る。** (てつぼうをつくる)
架單槓。

12. すべり台 (だい) 溜滑梯 發音 suberidai

可以説 **すべり台一台／一基** (だいいちだい／いっき)
一座溜滑梯

活用句 **すべり台をすべる。** (だい)
溜溜滑梯。

與學校操場相關的常見短句看這邊

① 老師在籃球場教學生打籃球。
先生^{せんせい}がバスケットコートで生徒^{せいと}にバスケットを教^{おし}えています。

② 下課時同學們會去運動場玩。
生徒^{せいと}たちは放課後^{ほうかご}に運動場^{うんどうじょう}へ遊^{あそ}びに行^いきます。

③ 有一群同學在跑道上賽跑。
生徒^{せいと}たちがトラックで追^おいかけっこをしています。

④ 二位小朋友在沙坑裡堆城堡。
子供二人^{こどもふたり}が砂場^{すなば}でお城^{しろ}を作^{つく}っています。

⑤ 有三位同學穿著體育服在吊單槓。
三人^{さんにん}の生徒^{せいと}が体操着^{たいそうぎ}で鉄棒^{てつぼう}をしています。

⑥ 山本同學最喜歡玩盪鞦韆。
山本^{やまもと}さんはブランコで遊^{あそ}ぶのが好^すきです。

⑦ 玩翹翹板要體重差不多重比較好玩。
シーソーは体重^{たいじゅう}が同^{おな}じぐらいのほうが楽^{たの}しいです。

⑧ 靜岡高校的運動場很大。
静岡高校^{しずおかこうこう}の運動場^{うんどうじょう}は広^{ひろ}いです。

⑨ 有兩班同學在比賽排球。
二^{ふた}つのクラスの生徒^{せいと}たちがバレーボールの試合^{しあい}をしています。

⑩ 要不要一起玩躲避球？
一緒^{いっしょ}にドッジボールをしませんか？

⊙ 會話 你絕對要會説的！

從學校操場裡常會出現的對話

先生
これから体育の授業を始めます。皆さん体操着に着替えましたか。

譯 接下來我們來上體育課，大家都換好體育服了嗎？

生徒たち
着替えました〜。

譯 換好了〜。

先生
よし、まずはトラックを一周ゆっくり走りましょう。

譯 很好，大家一起先繞跑道慢慢跑一圈吧。

生徒たち
はい。

譯 好。

先生
次は自由時間です。皆さん安全に注意して、怪我をしないように。

譯 接下來是自由活動時間。大家要小心注意安全，不要受傷了喔。

生徒A
シーソーで遊ぼう。

譯 我們去玩翹翹板吧。

生徒B
すべり台とブランコのほうへ行こう。

譯 我們去溜滑梯還有鞦韆那邊吧。

生徒C
僕は砂場でお城を作る。

譯 我要在沙坑蓋一座城堡。

生徒D
あっ、君の服、汚れてるよ。

譯 啊，你的衣服都髒掉了。

生徒たち
自由時間、大好き〜。

譯 我們最喜歡自由活動了〜。

Unit 03
辦公室オフィス

⊙ 単語(たんご) 你一定要熟記的！

從**辦公室**學到的單字有這些

01. パソコン 電腦
發音 pasokon

可以説 パソコン一台(いちだい)
一台電腦

活用句 パソコンを組(く)み立(た)てる。
組裝電腦。

02. ノートパソコン
筆電　發音 no-topasokon

可以説 ノートパソコン一台(いちだい)
一台筆電

活用句 ノートパソコンを買(か)う。
買筆電。

03. マウス 滑鼠
發音 mausu

可以説 マウス一個(いっこ)
一個滑鼠

活用句 マウスをさす。
插滑鼠。

04. 筆記帳(ひっきちょう) 筆記本
也可以説 ノート
發音 hikkicho-（no-to）

可以説 筆記帳一冊(ひっきちょういっさつ)
一本筆記本

活用句 筆記帳(ひっきちょう)に書(か)く。
寫在筆記本。

05. キーボード 鍵盤
發音 ki-bo-do

可以説 キーボード一個(いっこ)
一個鍵盤

活用句 キーボードを打(う)つ。
打字。

06. コピー機(き) 影印機
發音 kopi-ki

可以説 コピー機一台(きいちだい)
一台影印機

活用句 コピー機(き)の使(つか)い方(かた)を教(おし)えてください。
請教我影印機的用法。

07. ファックス　傳真機
發音 fakkusu

可以説 ファックス一台
一台傳真機

活用句 ファックスが壊れた。
傳真機壞了。

08. 書類　文件　**發音** shorui

可以説 書類一通
一份文件

活用句 書類をまとめる。
整理文件。

09. コピー用紙　影印紙
發音 kopi-yo-shi

可以説 コピー用紙一枚
一張影印紙

活用句 コピー用紙を購入する。
買影印紙。

10. はんこ　印章　**發音** hanko

可以説 はんこ一個
一個印章

活用句 はんこを押す。
蓋印章。

11. テープ　膠帯
也可以説 セロハンテープ
發音 te-pu（serohante-pu）

可以説 セロハンテープ一個
一捲膠帯

活用句 セロハンテープを切る。
剪斷膠帯。

12. ホッチキス　訂書機
發音 hocchikisu

可以説 ホッチキス一個
一個訂書機

活用句 ホッチキスの針を買う。
買訂書機。

與**辦公室**相關的常見短句看這邊

① 影印機的紙張不夠要添加了。

コピー機の<ruby>紙<rt>かみ</rt></ruby>が<ruby>足<rt>た</rt></ruby>りないので、<ruby>補充<rt>ほじゅう</rt></ruby>しなければいけません。

② 傳真機無法送出是不是故障了？

ファックスが<ruby>送信<rt>そうしん</rt></ruby>できません。<ruby>壊<rt>こわ</rt></ruby>れましたか？

③ 有新進人員來報到，要先將電腦準備好。

<ruby>新入社員<rt>しんにゅうしゃいん</rt></ruby>が<ruby>来<rt>き</rt></ruby>ます。<ruby>先<rt>さき</rt></ruby>にパソコンを<ruby>用意<rt>ようい</rt></ruby>しましょう。

④ 我需要一台筆記型電腦等一下開會要用。

ノートパソコンが<ruby>一台必要<rt>いちだいひつよう</rt></ruby>です。<ruby>後<rt>あと</rt></ruby>で<ruby>会議<rt>かいぎ</rt></ruby>で<ruby>使<rt>つか</rt></ruby>います。

⑤ 滑鼠動不了應該是壞了。

マウスが<ruby>動<rt>うご</rt></ruby>きません。たぶん<ruby>壊<rt>こわ</rt></ruby>れました。

⑥ 辦公室裡文件擺放得很整齊。

オフィスの<ruby>書類<rt>しょるい</rt></ruby>がきれいに<ruby>整理<rt>せいり</rt></ruby>されています。

⑦ 請將資料影印好。

<ruby>資料<rt>しりょう</rt></ruby>をコピーしておいてください。

⑧ 請將資料用釘書機一份份的訂好。

<ruby>資料<rt>しりょう</rt></ruby>をホッチキスで<ruby>一部<rt>いちぶ</rt></ruby>ずつまとめてください。

⑨ 主管交辦事項都記在筆記本裡。

<ruby>上司<rt>じょうし</rt></ruby>から<ruby>言<rt>い</rt></ruby>われたことをノートにメモしました。

⑩ 電腦鍵盤太老舊了應該要換新的了。

キーボードが<ruby>古<rt>ふる</rt></ruby>すぎます。<ruby>新<rt>あたら</rt></ruby>しいのに<ruby>交換<rt>こうかん</rt></ruby>しなければなりません。

⊙ 會話 ^{かいわ} 你絕對要會説的！

從辦公室裡常會出現的對話

上司 _{じょうし}

これはあなた専用^{せんよう}のノートパソコンとマウスです。

> 譯 這是給你專用的**筆電**及**滑鼠**。

新入社員 _{しんにゅうしゃいん}

ありがとうございます。

> 譯 謝謝。

上司 _{じょうし}

この書類^{しょるい}を10部^ぶコピーしてもらえませんか。

> 譯 可以幫我把這些**文件**影印10份嗎？

新入社員 _{しんにゅうしゃいん}

はい。あのう、コピー機^きの中^{なか}の紙^{かみ}が足^たりないようですが。

> 譯 好的。不好意思，**影印機**裡的紙好像不夠了。

上司 _{じょうし}

コピー用紙^{ようし}はファックスが置いてある机^{つくえ}の下^{した}です。

> 譯 **影印紙**在放**傳真機**的那個桌子底下。

新入社員 _{しんにゅうしゃいん}

コピーが終^おわりました。

> 譯 全部印好了。

上司 _{じょうし}

次^{つぎ}はホッチキスで1部^ぶずつまとめてください。

> 譯 接下來幫我用**訂書機**把每一份分別整理好。

新入社員 _{しんにゅうしゃいん}

はい、分^わかりました。

> 譯 好，我知道了。

上司 _{じょうし}

はい、ご苦労^{くろう}さま。あとは会議室^{かいぎしつ}の中^{なか}に置^おいておいてください。

> 譯 好，辛苦了。之後把它放在會議室裡就可以了。

Unit 04
會議室 <ruby>会議室<rt>かいぎしつ</rt></ruby>

⊙ **單語**（たんご） 你一定要熟記的！

從**會議室**學到的單字有這些

01. ホワイトボード

白板　發音 **howaitobo-do**

可以説 **ホワイトボード一枚**（いちまい）
一塊白板

活用句 **ホワイトボードが届**（とど）**いた。**
白板送來了。

02. ボードマーカー

白板筆　發音 **bo-doma-ka-**

可以説 **ボードマーカー一本**（いっぽん）
一支白板筆

活用句 **ボードマーカーを捜**（さが）**す。**
找白板筆。

03. 円（えん）グラフ 圓餅圖

發音 **engurafu**

可以説 **円**（えん）**グラフ一**（ひと）**つ**
一個圓餅圖

活用句 **円**（えん）**グラフを壁**（かべ）**に貼**（は）**る。**
把圓餅圖貼在牆上。

04. ダブルクリップ

蝴蝶夾　發音 **daburukurippu**

可以説 **ダブルクリップ一個**（いっこ）
一個蝴蝶夾

活用句 **ダブルクリップがなくなった。**
蝴蝶夾不見了。

05. 電卓（でんたく） 計算機

發音 **dentaku**

可以説 **電卓一台**（でんたくいちだい）
一台計算機

活用句 **電卓**（でんたく）**を床**（ゆか）**に落**（お）**とした。**
把計算機弄掉在地上了。

06. システム手帳（てちょう）

活頁筆記本

發音 **shisutemutecho-**

可以説 **システム手帳一冊**（てちょういっさつ）
一本活頁筆記本

活用句 **システム手帳**（てちょう）**を破**（やぶ）**る。**
把活頁筆記本撕破。

07. マイク　麥克風

發音 maiku

可以説　マイク<ruby>一本<rt>いっぽん</rt></ruby>
一支麥克風

活用句　マイクをつける。
打開麥克風。

08. <ruby>部長<rt>ぶちょう</rt></ruby>　部長　發音 bucho-

可以説　<ruby>部長<rt>ぶちょう</rt></ruby><ruby>一人<rt>ひとり</rt></ruby>
一個部長

活用句　<ruby>部長<rt>ぶちょう</rt></ruby>と<ruby>話<rt>はな</rt></ruby>す。
和部長説話。

09. <ruby>社員<rt>しゃいん</rt></ruby>　社員　發音 shain

可以説　<ruby>社員<rt>しゃいんさんにん</rt></ruby>三人
三個社員

活用句　<ruby>仕事<rt>しごと</rt></ruby>を<ruby>社員<rt>しゃいん</rt></ruby>に<ruby>回<rt>まわ</rt></ruby>す。
把工作轉給社員。

10. <ruby>会議資料<rt>かいぎしりょう</rt></ruby>　會議資料

發音 kaigishiryo-

可以説　<ruby>会議資料一部<rt>かいぎしりょういちぶ</rt></ruby>
一份會議資料

活用句　<ruby>会議資料<rt>かいぎしりょう</rt></ruby> の<ruby>内容<rt>ないよう</rt></ruby>を<ruby>考<rt>かんが</rt></ruby>える。
思考會議資料的內容。

11. プロジェクタースクリーン

投影機螢幕

發音 purojekuta-sukuri-n

可以説　プロジェクタースクリーン<ruby>一面<rt>いちあん</rt></ruby>
一個投影機螢幕

活用句　プロジェクタースクリーンを<ruby>設置<rt>せっち</rt></ruby>した。
架設了投影機螢幕。

12. プロジェクター

投影機　發音 purojekuta-

可以説　プロジェクター<ruby>一台<rt>いちだい</rt></ruby>
一台投影機

活用句　プロジェクターを<ruby>消<rt>け</rt></ruby>す。
關掉投影機。

⊙ 短句 （たんく） 你百分百要學的！

與會議室相關的常見短句看這邊

① 開會前先將茶點拿進會議室。

会議をする前に、お茶を会議室に持って行ってください。

② 山本先生利用投影設備在會議上作報告。

山本さんは会議で、プロジェクタースクリーンを使って報告しています。

③ 今天除了部長之外還有二位社員要參加開會。

今日は部長以外に二人の社員が会議に出席します。

④ 開會前請先將白板、白板筆還有麥克風準備好。

会議前に、ホワイトボード、ボードマーカー、マイクを用意してください。

⑤ 簡報開始請關電燈。

プレゼンテーション（プレゼン）を始めます。電気を消してください。

⑥ 社長用計算機在計算成本。

社長が電卓でコストの計算をしています。

⑦ 中村先生簡報上用圓餅圖來標示市場的占有率。

中村さんはプレゼンで円グラフを使って市場占有率を示しました。

⑧ 會議室正在開會使用中。

会議室は今、会議で使用中です。

⑨ 會議室裡大家安靜的在聽前輩交辦事項。

会議室ではみんな静かに先輩からの仕事を聞いています。

⑩ 會議上每個人都要輪流報告工作進度。

会議室でみんな順番に、仕事の進捗状況を報告します。

⊙ 會話（かいわ） 你絕對要會說的！

從會議室裡常會出現的對話

社員A（しゃいん）
部長（ぶちょう）もうすぐ来（く）るぞ。準備（じゅんび）はできているか。
譯 待會部長就要來了，東西都準備好了嗎？

社員B（しゃいん）
もうちょっとです。
譯 再一下下就好了。

社員A（しゃいん）
何（なに）をやってるんだ。今（いま）さらまだですって。
譯 你在搞什麼呀，到現在都還沒弄好。

社員B（しゃいん）
先輩（せんぱい）すみません。すぐ終（お）わります。
譯 前輩不好意思，馬上就好。

社員A（しゃいん）
席（せき）ごとに会議資料（かいぎしりょう）を間違（まちが）えずに置（お）いて。
譯 每個座位上都要確實擺上會議資料。

社員A（しゃいん）
プロジェクターとプロジェクタースクリーンは？
譯 投影機跟投影機螢幕呢？

社員B（しゃいん）
はい、ここです。ホワイトボードとボードマーカーも用意（ようい）しました。
譯 有，在這裡。白板跟白板筆我也準備好了。

社員A（しゃいん）
マイクはテストした？
譯 麥克風測試過了嗎？

社員B（しゃいん）
はい、正常（せいじょう）です。
譯 有，是正常的。

社員A（しゃいん）
会議（かいぎ）の時間（じかん）です。皆（みな）さん早（はや）く自分（じぶん）の席（せき）に座（すわ）ってください。
譯 會議時間到了，請大家趕快坐到自己的位子上。

部長（ぶちょう）
みなさん、こんにちは。本日（ほんじつ）はいいお知（し）らせがあります。
譯 大家午安，今日要來跟各位宣布一個好消息。

Unit 05
美容院 <ruby>美容室<rt>びようしつ</rt></ruby>

⊙ 單語 你一定要熟記的！

從美容院學到的單字有這些

01. タオル 毛巾 發音 taoru

可以說 **タオル一枚**
一條毛巾

活用句 **タオルを洗う。**
洗毛巾。

02. ステレオ 音響
發音 sutereo

可以說 **ステレオ一台**
一台音響

活用句 **ステレオを消す。**
關掉音響。

03. はさみ 剪刀
發音 hasami

可以說 **はさみ一本**
一把剪刀

活用句 **はさみで切る。**
用剪刀剪。

04. 櫛 梳子 發音 kushi

可以說 **櫛一本**
一把梳子

活用句 **櫛で髪をすく。**
用梳子梳頭髮。

05. 髪 頭髮 發音 kami

可以說 **髪一本**
一根頭髮

活用句 **髪を伸ばす。**
留長頭髮。

06. ヘアデザイナー
髮型設計師
發音 headezaina-

可以說 **ヘアデザイナー一人**
一個髮型設計師

活用句 **ヘアデザイナーになり
たい。**
想當髮型設計師。

07. 整髪料 せいはつりょう　髮臘

也可以説　ヘアワックス

（用整髪料時可當「髮類造形品」的總稱）

發音　se-hatsuryo

（heawakkusu）

可以説　整髪料一缶 せいはつりょういっかん

一罐髮蠟

活用句　よく整髪料を使う。 せいはつりょう　つか

常用髮蠟。

08. マニキュア　指甲油

發音　manikyua

可以説　マニキュアー個／一本 いっこ　いっぽん

一瓶指甲油

活用句　マニキュアを塗る。 ぬ

塗指甲油。

09. シャンプー　洗髮乳

發音　shanpu-

可以説　シャンプー一本 いっぽん

一瓶洗髮乳

活用句　天然シャンプーは高いです。 てんねん　たか

天然洗髮乳很貴。

10. リンス　潤髮乳

發音　rinsu

可以説　リンス一本 いっぽん

一瓶潤髮乳

活用句　リンスする。

潤髮。

11. ドライヤー　吹風機

發音　doraiya-

可以説　ドライヤー一台 いちだい

一支吹風機。

活用句　ドライヤーで濡れた髪の毛を乾かす。 ぬ　　かみ　け　かわ

用吹風機把濕髮吹乾。

12. パーマをする　燙髮

發音　pa-mawosuru

可以説　パーマをしたい。

想燙髮。

活用句　パーマをしない。

不要燙髮。

與**美容院**相關的常見短句看這邊

① 媽媽常常去美容院洗頭。

<ruby>母<rt>はは</rt></ruby>はよく<ruby>美容室<rt>びようしつ</rt></ruby>へシャンプーをし<ruby>に<rt></rt></ruby><ruby>行<rt>い</rt></ruby>きます。

② 麻煩你！我要將頭髮燙成捲的。

すみません。パーマをかけたいんですが。

③ 我要用自己的洗髮精。

<ruby>自分<rt>じぶん</rt></ruby>のシャンプーを<ruby>使<rt>つか</rt></ruby>います。

④ 今天要保養頭髮。

<ruby>今日<rt>きょう</rt></ruby>は、<ruby>髪<rt>かみ</rt></ruby>のトリートメントをします。

⑤ 姐姐上美容院除了整理頭髮還會修指甲。

<ruby>姉<rt>あね</rt></ruby>は<ruby>美容室<rt>びようしつ</rt></ruby>に<ruby>行<rt>い</rt></ruby>くと、ブローの<ruby>他<rt>ほか</rt></ruby>にネイルケアもします。

⑥ 美容院用的洗髮精跟一般用的不一樣。

<ruby>美容室<rt>びようしつ</rt></ruby>で<ruby>使<rt>つか</rt></ruby>っているシャンプーは<ruby>普通<rt>ふつう</rt></ruby>のと<ruby>違<rt>ちが</rt></ruby>います。

⑦ 我有預約要洗頭髮。

シャンプーの<ruby>予約<rt>よやく</rt></ruby>をしてあります。

⑧ 洗髮後用潤髮乳可以讓頭髮柔順。

シャンプー<ruby>後<rt>ご</rt></ruby>にリンスをすると、<ruby>髪<rt>かみ</rt></ruby>の<ruby>毛<rt>け</rt></ruby>がサラサラになります。

⑨ 請幫我做造型。

ブローしてください。

⑩ 請問染頭髮要多久時間？

髪を染めるのに、どのくらい時間がかかりますか？

從美容院裡常會出現的對話

ヘアデザイナー

こんにちは。<ruby>今日<rt>きょう</rt></ruby>はどのようなヘアスタイルになさいますか。

譯 您好，請問今天您要什麼樣的髮型？

お客 <ruby>客<rt>きゃく</rt></ruby>

パーマをしたいです。

譯 我想要<u>燙頭髮</u>。

ヘアデザイナー

はい、<ruby>分<rt>わ</rt></ruby>かりました。その<ruby>前<rt>まえ</rt></ruby>にはさみでちょっとだけカットします。

譯 好的，我知道了。在那之前我先用<u>剪刀</u>幫您稍微修剪一下。

お客 <ruby>客<rt>きゃく</rt></ruby>

はさみは<ruby>皆<rt>みな</rt></ruby>、<ruby>自分専用<rt>じぶんせんよう</rt></ruby>ですか。

譯 <u>剪刀</u>大家都是用自己專屬的嗎？

ヘアデザイナー

はい、<ruby>自分専用<rt>じぶんせんよう</rt></ruby>のものです。

譯 是的，都是我們個人專用的。

お客 <ruby>客<rt>きゃく</rt></ruby>

<ruby>私<rt>わたし</rt></ruby> は<ruby>整髪料<rt>せいはつりょう</rt></ruby> をよく<ruby>使<rt>つか</rt></ruby>うので、<ruby>髪<rt>かみ</rt></ruby>の<ruby>毛<rt>け</rt></ruby>が<ruby>痛<rt>いた</rt></ruby>みやすくて<ruby>困<rt>こま</rt></ruby>っているんです。

譯 我有用<u>髮蠟</u>的習慣。頭髮狀態很糟，令我很困擾。

ヘアデザイナー

<ruby>普段<rt>ふだん</rt></ruby>からシャンプーで<ruby>髪<rt>かみ</rt></ruby>の<ruby>毛<rt>け</rt></ruby>をちゃんときれいに<ruby>洗<rt>あら</rt></ruby>わなければなりません。

譯 平常時，一定要用<u>洗髮精</u>將頭髮徹底清洗乾淨。

ヘアデザイナー

たまには、リンスで<ruby>髪<rt>かみ</rt></ruby>をケアしてください。

譯 偶爾呢，也可以用<u>潤髮乳</u>保養頭髮。

お客<ruby><rt>きゃく</rt></ruby>
ドライヤーもあまり髪<ruby>髪<rt>かみ</rt></ruby>の毛<ruby>毛<rt>け</rt></ruby>に近<ruby>近<rt>ちか</rt></ruby>づかないように。そうしないと、髪<ruby>髪<rt>かみ</rt></ruby>の毛<ruby>毛<rt>け</rt></ruby>にダメージを与<ruby>与<rt>あた</rt></ruby>える、ですよね。

譯 吹風機也不要太靠近頭髮，會傷髮質，對吧？

ヘアデザイナー
その通<ruby>通<rt>とお</rt></ruby>りです。はい、カットが終<ruby>終<rt>お</rt></ruby>わりました。次<ruby>次<rt>つぎ</rt></ruby>はパーマをします。

譯 沒有錯。好，剪好了，接下來是燙髮囉。

お客<ruby><rt>きゃく</rt></ruby>
はい、よろしくお願<ruby>願<rt>ねが</rt></ruby>いします。

譯 好的，麻煩您了。

Unit 06
薬局 <ruby>薬局<rt>やっきょく</rt></ruby>

⊙ **單語** 你一定要熟記的！

從**藥局**學到的單字有這些

01. **軟膏** 藥膏 發音 nanko-

可以説 **軟膏一つ**
一罐／瓶藥膏

活用句 **この軟膏は塗りやすいです。**
這藥膏很好塗。

02. **ピンセット** 鑷子
發音 pinsetto

可以説 **ピンセット一本**
一根鑷子

活用句 **ピンセットで挟む。**
用鑷子夾。

03. **包帯** 繃帶 發音 ho-tai

可以説 **包帯一個**
一捲繃帶

活用句 **手に包帯を巻く。**
用繃帶包手。

04. **耳式体温計** 耳溫槍
發音 mimishikitaionke-

可以説 **耳式体温計一本**
一支耳溫槍

活用句 **耳式体温計は便利です。**
耳溫槍很方便。

05. **マスク** 口罩
發音 masuku

可以説 **マスク一枚**
一個口罩

活用句 **マスクをつける。**
戴口罩。

06. **絆創膏** OK繃
發音 banso-ko-

可以説 **絆創膏一枚**
一張OK繃

活用句 **顔に絆創膏を貼る。**
在臉上貼OK繃。

240

07. 体温計（たいおんけい） 體溫計

發音 taionke-

可以説 体温計一本（たいおんけいいっぽん）
一支體溫計

活用句 体温計（たいおんけい）で体温（たいおん）をはかる。
用體溫計量體溫。

08. 生理食塩水（せいりしょくえんすい） 生理食鹽水

發音 se-rishokuensui

可以説 生理食塩水（せいりしょくえんすい）100ミリリットル
一百毫升生理食鹽水

活用句 生理食塩水（せいりしょくえんすい）で目（め）を洗（あら）う。
用生理食鹽水洗眼睛。

09. 目薬（めぐすり） 眼藥水

發音 megusuri

可以説 目薬一本（めぐすりいっぽん）
一瓶眼藥水

活用句 目（め）に目薬（めぐすり）をさす。
滴眼藥水。

10. 綿球（めんきゅう） 棉球

發音 menkyu

可以説 綿球一球（めんきゅういっきゅう）
一顆棉球

活用句 綿球（めんきゅう）を取（と）る
取出棉球。

11. ガーゼ 紗布 發音 ga-ze

可以説 ガーゼ一枚（いちまい）
一塊紗布

活用句 ガーゼをはがす。
撕下紗布。

12. 薬剤師（やくざいし） 藥劑師

發音 yakuzaishi

可以説 薬剤師一人（やくざいしひとり）
一個藥劑師

活用句 薬剤師（やくざいし）に薬（くすり）の効果（こうか）を聞（き）く。
問藥劑師藥效。

⊙ 短句 _{たんく} 你百分百要學的！

與藥局相關的常見短句看這邊

① 以前用體溫計，現在則用耳溫槍更方便。

昔は体温計を使いましたが、今では耳式体温計の方が便利です。

② 這種軟膏擦蚊蟲咬很好用，我也有一條。

この軟膏は蚊の刺されによく効いて、私も一本持っています。

③ 傷口要先消毒才能使用藥膏。

軟膏は傷口を消毒してから使います。

④ 小傷口用OK蹦不需要用繃帶包紮。

浅い傷には包帯じゃなくて絆創膏を使います。

⑤ 請問這瓶眼藥水適合年紀大的人嗎？

この目薬は、年配の方にも適していますか？

⑥ 請問有感冒藥嗎？

風邪薬はありますか？

⑦ 哪一種胃藥比較好？

どの胃薬の方がいいですか？

⑧ 棉球通常用來消毒傷口。

綿球は通常、傷口の消毒に使います。

⑨ 請問頭痛藥在哪邊？

頭痛薬はどこにありますか？

⑩ 藥局裡的藥劑師可以提供醫藥常識。

薬局にいる薬剤師は薬に関するアドバイスができます。

⊙ 會話（かいわ） 你絕對要會說的！

從藥局裡常會出現的對話

婦人（ふじん）
すみません、息子（むすこ）がさっき転（ころ）んで、足（あし）から血（ち）が出（で）ているんです。ここはガーゼとか売（う）っていますか。

譯 不好意思，我兒子剛剛摔倒腳流血了，請問這裡有賣紗布之類的東西嗎？

薬剤師（やくざいし）
はい、あります。包帯（ほうたい）も要（い）りますか。

譯 有的。繃帶也有需要嗎？

婦人（ふじん）
要（い）ります。あと軟膏（なんこう）と絆創膏（ばんそうこう）もください。

譯 好，還有也請給我藥膏跟OK繃。

薬剤師（やくざいし）
傷（きず）をきれいにしてから使（つか）ってくださいね。

譯 記得要先清潔傷口後再使用喔。

婦人（ふじん）
どうやって傷（きず）をきれいにするんですか。

譯 請問要怎麼樣清潔傷口呢？

薬剤師（やくざいし）
生理食塩水（せいりしょくえんすい）を使（つか）います。傷（きず）をきれいにしてから軟膏（なんこう）で消毒（しょうどく）するんです。

譯 可以用生理食鹽水。清洗傷口之後才能使用藥膏進行消毒。

薬剤師（やくざいし）
ここで注意（ちゅうい）しなければならないことは、手（て）で直接傷口（ちょくせつきずぐち）を触（さわ）らないことです。

譯 但是要注意的是，不可以直接用手碰觸傷口喔。

婦人（ふじん）
そうですか。じゃあ、ピンセットをください。

譯 這樣子呀，那請給我鑷子。

薬剤師（やくざいし）
はい、分（わ）かりました。

譯 好的，我知道了。

Unit 07
公園 こうえん 公園

⊙ **單語**〔たんご〕 你一定要熟記的！

從**公園**學到的單字有這些

01. **犬**〔いぬ〕 狗 發音 inu

可以説 **犬一匹**〔いぬいっぴき〕
一隻狗

活用句 **犬を飼う。**〔いぬ か〕
養狗。

02. **蝶**〔ちょう〕 蝴蝶 發音 cho-

可以説 **蝶一匹**〔ちょういっぴき〕
一隻蝴蝶

活用句 **蝶をつかまえる。**〔ちょう〕
捉蝴蝶。

03. **猫**〔ねこ〕 貓 發音 neko

可以説 **猫一匹**〔ねこいっぴき〕
一隻貓

活用句 **猫をじゃらす。**〔ねこ〕
逗貓玩。

04. **電話ボックス**〔でんわ〕
電話亭 發音 denwabokkusu

可以説 **電話ボックス一台**〔いちだい〕
一座電話亭

活用句 **電話ボックスは**〔でんわ〕
狭いです。〔せま〕
電話亭很窄。

05. **散歩する**〔さんぽ〕 散步
發音 sanposuru

可以説 **犬と散歩する。**〔いぬ さんぽ〕
和狗散步。

活用句 **公園を散歩する。**〔こうえん さんぽ〕
在公園散步。

06. **ベンチ** 長椅
發音 benchi

可以説 **ベンチ一脚**〔いっきゃく〕
一張長椅

活用句 **ベンチに座る。**〔すわ〕
坐長椅。

07. 池（いけ） 池塘 [發音] ike

[可以説] 池一面（いけいちめん）
一個池塘

[活用句] 子供（こども）が池（いけ）で遊（あそ）ぶ。
小孩在池塘玩。

08. あずまや 涼亭
[發音] azumaya

[可以説] あずまや一宇（いちう）
一座涼亭

[活用句] あずまやで休（やす）む。
在涼亭休息。

09. ロータス 蓮花
[也可以説] 蓮（はす）
[發音] ro-tasu（hasu）

[可以説] ロータス一輪（いちりん）
一朵蓮花

[活用句] ロータスを植（う）える。
種蓮花。

10. 蜂（はち） 蜜蜂 [發音] hachi

[可以説] 蜂一匹（はちいっぴき）
一隻蜜蜂

[活用句] 蜂（はち）に刺（さ）された。
被蜜蜂螫了。

11. ピクニック 野餐
[發音] pikunikku

[可以説] ピクニックマット
野餐墊

[活用句] 花園（はなぞの）でピクニック。
在花園野餐。

12. 桜（さくら） 櫻花樹 [發音] sakura

[可以説] 桜一本（さくらいっぽん）
一棵櫻花樹

[活用句] 桜（さくら）の花（はな）が咲（さ）く。
櫻花開。

與公園相關的常見短句看這邊

① 每天早上奶奶跟爺爺都會去公園散步。

おばあさんとおじいさんは<ruby>毎朝公園<rt>まいあさこうえん</rt></ruby>へ<ruby>散歩<rt>さんぽ</rt></ruby>に<ruby>行<rt>い</rt></ruby>きます。

② 公園裡有人在打太極拳。

<ruby>公園<rt>こうえん</rt></ruby>で<ruby>太極拳<rt>たいきょくけん</rt></ruby>をしている<ruby>人<rt>ひと</rt></ruby>がいます。

③ 涼亭邊有長椅可以讓人們乘坐休息。

あずまやの<ruby>隣<rt>となり</rt></ruby>には<ruby>人々<rt>ひとびと</rt></ruby>が<ruby>休<rt>やす</rt></ruby>めるよう、ベンチがあります。

④ 池塘裡有好多魚躲在蓮花葉下。

<ruby>池<rt>いけ</rt></ruby>の<ruby>中<rt>なか</rt></ruby>のたくさんの<ruby>魚<rt>さかな</rt></ruby>が<ruby>蓮<rt>はす</rt></ruby>の<ruby>葉<rt>は</rt></ruby>の<ruby>下<rt>した</rt></ruby>に<ruby>隠<rt>かく</rt></ruby>れています。

⑤ 櫻花祭時，我們常常去櫻花樹下賞花。

<ruby>桜祭<rt>さくらまつ</rt></ruby>りの<ruby>時<rt>とき</rt></ruby>は、よく<ruby>桜<rt>さくら</rt></ruby>の<ruby>木<rt>き</rt></ruby>の<ruby>下<rt>した</rt></ruby>でお<ruby>花見<rt>はなみ</rt></ruby>をします。

⑥ 傍晚時有許多人會聚在涼亭裡聊天。

<ruby>夕暮<rt>ゆうぐ</rt></ruby>れの<ruby>時<rt>とき</rt></ruby>は、たくさんの<ruby>人<rt>ひと</rt></ruby>たちがあずまやに<ruby>集<rt>あつ</rt></ruby>まっておしゃべりをしています。

⑦ 有一隻貓躲在涼亭角落睡覺。

<ruby>一匹<rt>いっぴき</rt></ruby>の<ruby>猫<rt>ねこ</rt></ruby>があずまやの<ruby>隅<rt>すみ</rt></ruby>に<ruby>隠<rt>かく</rt></ruby>れて<ruby>昼寝<rt>ひるね</rt></ruby>をしています。

⑧ 有人帶著一隻大狗來公園散步。

<ruby>大<rt>おお</rt></ruby>きな<ruby>犬<rt>いぬ</rt></ruby>を<ruby>連<rt>つ</rt></ruby>れて<ruby>公園<rt>こうえん</rt></ruby>へ<ruby>散歩<rt>さんぽ</rt></ruby>に<ruby>来<rt>き</rt></ruby>た<ruby>人<rt>ひと</rt></ruby>がいます。

⑨ 公園的池塘邊有好多隻蝴蝶。

<ruby>公園<rt>こうえん</rt></ruby>の<ruby>池<rt>いけ</rt></ruby>のそばに、<ruby>蝶々<rt>ちょうちょう</rt></ruby>がいっぱいいます。

⑩ 傍晚時，有很多小孩來公園玩。

<ruby>夕方<rt>ゆうがた</rt></ruby>には、たくさんの<ruby>子供<rt>こども</rt></ruby>が<ruby>公園<rt>こうえん</rt></ruby>へ<ruby>遊<rt>あそ</rt></ruby>びに<ruby>来<rt>き</rt></ruby>ます。

Part 6 其他生活場合

○ 會話 你絕對要會說的！

從公園裡常會出現的對話

友達A
この公園は広いですね。

譯 這公園好大呀。

友達B
そうですね。休日には大勢の人がここで散歩したり、運動したりしています。

譯 是呀，假日都會有很多人來散散步啦，做做運動。

友達A
犬を連れて走っている人がいますよ。犬かわいい〜。

譯 有人牽著狗在跑步耶，小狗好可愛喔〜。

友達B
あそこにあずまやがあります。あそこですこし休みましょう。

譯 那邊有涼亭，我們在那休息一下吧。

友達B
ベンチに座って池のロータスを見て、のんびりするのは気分がいいですね。

譯 坐在長椅上欣賞池裡的蓮花，這悠閒的感覺真是棒呀。

友達A
蜂が葉に止まっていますよ。

譯 有蜜蜂停在葉子上耶。

友達B
多分仕事が大変だから、休んでいるんでしょう。

譯 可能工作太累了，現在在休息吧。

友達A
日本の桜はとても綺麗だと聞きましたが、本当ですか。

譯 聽說日本的櫻花很漂亮，是真的嗎？

友達B
本当ですよ。毎年四月になると、皆は近くの公園などへお花見に行って、桜の木の下でピクニックしたり、歌を歌ったりしていますよ。

譯 是呀，每年到了四月，大家都會到附近的公園等處去賞花，還會在櫻花樹下野餐，唱唱歌呢。

友達A
わあ〜、この目で見てみたいなあ〜。

譯 哇，真想親眼看看呀。

Unit 08
博物館 <ruby>博物館<rt>はくぶつかん</rt></ruby>

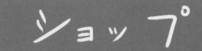

はくぶつかん

昭和十四　正一郎　囲

⊙ **單語** たんご 你一定要熟記的！

從**博物館**學到的單字有這些

01. 油彩画 ゆさいが 油畫
發音 yusaiga

可以説 油彩画一点 ゆさいがいってん
一幅油畫

活用句 油彩画を描く。 ゆさいがをかく
畫油畫。

02. 石膏像 せっこうぞう 石膏像
發音 sekko-zo-

可以説 石膏像一個／一体 せっこうぞういっこ／いったい
一個石膏像

活用句 石膏像を作る。 せっこうぞうをつく
做石膏像。

03. 額縁 がくぶち 畫框
發音 gakubuchi

可以説 額縁一枚 がくぶちいちまい
一個畫框

活用句 写真に額縁をつける。 しゃしんにがくぶち
把照片放進畫框。

04. 陶器 とうき 陶器 發音 to-ki

可以説 陶器一点 とうきいってん
一件陶器

活用句 陶器を割る。 とうきをわる
弄破陶器。

05. 書道 しょどう 書法 發音 shodo-

可以説 書道の授業 しょどうのじゅぎょう
書法課

活用句 書道をする。 しょどう
寫書法。

みなもとはくぶつかん

06. パンフレット 小冊子
發音 panfuretto

可以説 パンフレット一冊 いっさつ
一本小冊子

活用句 パンフレットをなくした。
把小冊子弄丟了。

07. 音声ガイド（おんせい）　語音導覽
發音 onse-gaido

可以説 音声ガイドはありますか。
有語音導覽嗎？

活用句 音声ガイドが始まる。（おんせい・はじ）
語音導覽開始。

08. 受付（うけつけ）　服務台
發音 uketsuke

可以説 博物館の受付（はくぶつかん・うけつけ）
博物館服務台

活用句 受付に聞く。（うけつけ・き）
問服務台。

09. 記念品ショップ（きねんひん）
紀念品商店
也可以説 ミュージアムショップ
發音 kinenhinshoppu
（myu-jiamushoppu）

可以説 記念品ショップ一軒（きねんひん・いっけん）
一間紀念品商店

活用句 記念品ショップでお土産を買った。（きねんひん・みやげ・か）
在紀念品商店買了名產。

10. 盆栽（ぼんさい）　盆栽
也可以説 観葉植物
發音 bonsai
（kanyo-shokubutsu）

可以説 盆栽一鉢（ぼんさいひとはち）
一盆盆栽

活用句 盆栽に水をかける。（ぼんさい・みず）
幫盆栽澆水。

11. 警備員（けいびいん）　警衛
發音 ke-biin

可以説 警備員三人（けいびいんさんにん）
三個警衛

活用句 警備員に叱られた。（けいびいん・しか）
被警衛罵了。

12. 防犯カメラ（ぼうはん）　監視器
發音 bo-hankamera

可以説 防犯カメラ一台（ぼうはん・いちだい）
一台監視器

活用句 防犯カメラを見る。（ぼうはん・み）
看監視器。

⊙ 短句 你百分百要學的！

與博物館相關的常見短句看這邊

① 博物館大廳有一座巨大的石膏像。
博物館のホールに巨大な石膏像が一体あります。

② 牆壁上掛著許多幅的油畫。
壁にはたくさんの油彩画が掛けてあります。

③ 博物館現在有陶器展覽。
今、博物館で陶器の展示会をやっています。

④ 油畫放進畫框裡看起來很有價值。
油彩画を額縁に入れると、価値が上がったように見えます。

⑤ 可以在服務台詢問有關語音導覽的使用方式。
受付で音声ガイドの使い方について教えてもらえます。

⑥ 博物館門口有免費觀光小冊子。
博物館の入口の所に無料観光パンフレットがあります。

⑦ 紀念品商店販售博物館的紀念商品。
記念品ショップには博物館の記念商品を売っています。

⑧ 除了監視器之外，有警衛輪班在巡邏。
監視カメラのほかに警備員もローテーションでパトロールしています。

⑨ 博物館有展覽區提供不定期的主題展覽。
博物館の展示室では、不定期に異なったテーマの展示を行っています。

<ruby>會話<rt>かいわ</rt></ruby> 你絕對要會説的！
從博物館裡常會出現的對話

観光客A
この博物館の外観は立派ですね。

譯 這博物館外觀真雄偉呀。

観光客B
受付で音声ガイドを借りて、パンフレットを取りに行きましょう。

譯 我們先去**服務台**那邊租借**語音導覽**，還有拿**小冊子**吧。

観光客A
見て！そこに陶器が展示されていますよ。

譯 你看！那邊展示**陶器**耶。

観光客B
館内では静かに！

譯 館內要保持安靜！

観光客A
石膏像があります～。

譯 有**石膏像**耶。

観光客B
手で触らないで！

譯 不可以用手觸摸！

観光客A
この油彩画は綺麗～。

譯 這幅**油畫**真漂亮。

観光客B
ここは撮影と録画禁止！

譯 這裡禁止拍照及攝影！

観光客B
ここではね、いたるところに防犯カメラが設置されてて、警備員もよくあっちこっち歩いているんですよ。

譯 這裡到處都設有**監視器**，還有**警衛**也會時常四處走來走去唷。

観光客A
あっ、あそこに記念品ショップがあります。早く見に行きましょう！

譯 啊，那邊有**紀念商品店**，我們趕快過去看看吧！

Unit 09
醫院 <ruby>病院<rt>びょういん</rt></ruby>

01 <ruby>注射器<rt>ちゅうしゃき</rt></ruby>	07 <ruby>点滴<rt>てんてき</rt></ruby>
02 <ruby>看護師<rt>かんごし</rt></ruby>	08 <ruby>救急室<rt>きゅうきゅうしつ</rt></ruby>
03 <ruby>医者<rt>いしゃ</rt></ruby>	09 <ruby>妊婦<rt>にんぷ</rt></ruby>
04 <ruby>病人<rt>びょうにん</rt></ruby>	10 <ruby>車椅子<rt>くるまいす</rt></ruby>
05 ギブス	11 <ruby>松葉杖<rt>まつばづえ</rt></ruby>
06 <ruby>聴診器<rt>ちょうしんき</rt></ruby>	12 <ruby>病床<rt>びょうしょう</rt></ruby>

⊙ **單語** <ruby>単語<rt>たんご</rt></ruby> 你一定要熟記的！

從**醫院**學到的單字有這些

01. 注射器 針筒
ちゅうしゃき

發音 chu-shaki

可以説 **注射器一本**
ちゅうしゃき いっぽん
一支針筒

活用句 **注射器を刺す。**
ちゅうしゃき さ
打針。

02. 看護師 護士
かんごし

發音 kangoshi

可以説 **看護師一人**
かんごし ひとり
一個護士

活用句 **看護師は病人の**
かんごし びょうにん
世話をしている。
せわ
護士在照顧病人。

03. 医者 醫生 發音 isha
いしゃ

可以説 **医者一人**
いしゃ ひとり
一個醫生

活用句 **お医者さんを呼**
いしゃ よ
んでください。
請幫我叫醫生。

04. 病人 病人 發音 byo-nin
びょうにん

可以説 **病人一人**
びょうにん ひとり
一個病人

活用句 **病人を治す。**
びょうにん なお
治療病人。

05. ギブス 石膏

發音 gibusu

可以説 **ギブスが固まった。**
かた
石膏變硬了。

活用句 **ギブスを外す。**
はず
取下石膏。

06. 聴診器 聽診器
ちょうしんき

發音 cho-shinki

可以説 **聴診器一つ**
ちょうしんき ひと
一個聽診器

活用句 **聴診器で聴く。**
ちょうしんき き
用聽診器聽。

07. 点滴 （てんてき） 點滴 發音 tenteki

可以説 点滴一つ（てんてきひと）
一袋點滴

活用句 点滴を受ける。（てんてき・う）
打點滴。

08. 救急室 （きゅうきゅうしつ） 急診室

也可以説 救急救命室（きゅうきゅうきゅうめいしつ）

發音 kyu-kyu-shitsu
（kyu-kyu-kyu-me-shitsu）

可以説 夜間救急室（やかんきゅうきゅうしつ）
夜間急診室

活用句 救急室は年中無休です。（きゅうきゅうしつ・ねんじゅうむきゅう）
急診室是全年無休的。

09. 妊婦 （にんぷ） 孕婦 發音 ninpu

可以説 妊婦二人（にんぷふたり）
兩個孕婦

活用句 妊婦をいたわる。（にんぷ）
照顧孕婦。

10. 車椅子 （くるまいす） 輪椅 發音 kurumaisu

可以説 車椅子一台（くるまいすいちだい）
一台輪椅

活用句 車椅子に乗る。（くるまいす・の）
坐輪椅。

11. 松葉杖 （まつばづえ） 拐杖 發音 matsubazue

可以説 松葉杖一本（まつばづえいっぽん）
一根拐杖

活用句 松葉杖をつく。（まつばづえ）
拄枴杖。

12. 病床 （びょうしょう） 病床

也可以説 ストレッチャー
（用ストレッチャー專指可移動的病床）

發音 byo-sho-（sutoreccha-）

可以説 病床一床（びょうしょういっしょう）
一張病床

活用句 病床に臥す。（びょうしょう・ふ）
躺在病床上。

與醫院相關的常見短句看這邊

① 急診室送來一位出車禍受傷的病人。
救急室に交通事故でけがをした人が送られてきました。

② 剛開完刀病人痛得一直呻吟。
手術をした患者が、痛くて呻き声を上げています。

③ 護士拿著針筒在幫病人打針。
看護師が注射器を持って病人に注射をしています。

④ 醫生穿著白色醫生袍帶著聽診器往急診室快步走去。
医者が白衣に聴診器をつけて、救急室へ急いで行きました。

⑤ 有位孕婦吊著點滴，躺在病床上等待生產。
妊婦さんがストレッチャーの上で点滴を受けながら、出産を待っています。

⑥ 佐藤先生腳受傷了，打上石膏拿著拐杖在走路。
佐藤さんは足をけがして、ギブスをして松葉杖をつきながら歩いています。

⑦ 老爺爺坐在輪椅上被推進醫院看病。
おじいさんが車椅子を推されて病院へ診察に行きました。

⑧ 醫生仔細的幫病人看病。
医者が丁寧に患者を診ています。

⑨ 小朋友因為怕打針所以放聲大哭。
子供は注射が怖いので、大声で泣きます。

⑩ 最近流行感冒盛行，來醫院看病的人變多了。
最近、風邪が流行って、病院へ来る人が多くなりました。

⊙ <ruby>會話<rt>かいわ</rt></ruby> 你絕對要會説的！

從醫院裡常會出現的對話

友達A（<ruby>ともだち<rt></rt></ruby>）
<ruby>病院<rt>びょういん</rt></ruby>の <ruby>救急室<rt>きゅうきゅうしつ</rt></ruby>に<ruby>来<rt>く</rt></ruby>ると、<ruby>毎回<rt>まいかい</rt></ruby>ドキドキします。

譯 每次來到醫院的**急診室**我都很緊張。

友達B
なぜですか。

譯 為什麼？

友達A
<ruby>病人<rt>びょうにん</rt></ruby>が<ruby>多<rt>おお</rt></ruby>いからです。<ruby>車椅子<rt>くるまいす</rt></ruby>に<ruby>乗<rt>の</rt></ruby>っている<ruby>人<rt>ひと</rt></ruby>もいるし、<ruby>松葉杖<rt>まつばつえ</rt></ruby>をついている<ruby>人<rt>ひと</rt></ruby>もいます。

譯 因為**病人**很多呀，有坐**輪椅**的，也有拄**拐杖**的。

友達B
それは<ruby>仕方<rt>しかた</rt></ruby>がないですよ。ここにいる<ruby>人<rt>ひと</rt></ruby>はほとんど<ruby>怪我<rt>けが</rt></ruby>をしていますから。

譯 那也是沒辦法的，因為這裡大多是受傷的人。

友達A
お<ruby>医者<rt>いしゃ</rt></ruby>さんが<ruby>注射器<rt>ちゅうしゃき</rt></ruby>で<ruby>私<rt>わたし</rt></ruby>に<ruby>注射<rt>ちゅうしゃ</rt></ruby>するのも<ruby>怖<rt>こわ</rt></ruby>いです。

譯 我也很怕**醫生**拿**針筒**幫我打針。

友達B
もう<ruby>子供<rt>こども</rt></ruby>じゃないでしょう。<ruby>注射<rt>ちゅうしゃ</rt></ruby>なんか<ruby>怖<rt>こわ</rt></ruby>くないですよ。

譯 你又不是小孩子，怕什麼打針呀。

看護師（<ruby>かんごし<rt></rt></ruby>）
<ruby>田中<rt>たなか</rt></ruby>さん、<ruby>田中<rt>たなか</rt></ruby>さんいますか。

譯 田中先生，田中先生在嗎？

友達B
<ruby>君<rt>きみ</rt></ruby>を<ruby>呼<rt>よ</rt></ruby>んでいますよ。<ruby>早<rt>はや</rt></ruby>く<ruby>入<rt>はい</rt></ruby>って。

譯 叫你了，趕快進去吧。

友達A
<ruby>今日<rt>きょう</rt></ruby><ruby>注射<rt>ちゅうしゃ</rt></ruby>しなくてもいいように<ruby>祈<rt>いの</rt></ruby>ります。

譯 祈禱今天不要打針。

Unit 10
飯店大廳ロビー

⊙ 單語 [たんご] 你一定要熟記的！

從飯店大廳學到的單字有這些

01. シャンデリア　吊燈

發音 shanderia

可以説 シャンデリア一個 [いっこ]
一座吊燈

活用句 シャンデリアがついて
いる。
掛著吊燈。

02. ポーター　提行李的人

發音 po-ta-

可以説 ポーター一人 [ひとり]
一個提行李的人

活用句 ポーターを呼ぶ。 [よ]
叫提行李的人。

03. エレベーター　電梯

發音 erebe-ta-

可以説 エレベーター一台 [いちだい]
一台電梯

活用句 エレベーターに乗る。 [の]
搭電梯。

04. 回転ドア [かいてん]　旋轉門

發音 kaitendoa

可以説 回転ドア一基 [かいてん][いっき]
一扇旋轉門

活用句 回転ドアが [かいてん]
壊れた。 [こわ]
旋轉門壞了。

05. 消火器 [しょうかき]　滅火器

發音 sho-kaki

可以説 消火器一つ [しょうかきひと]
一個滅火器

活用句 消火器で火を [しょうかき][ひ]
消す。 [け]
用滅火器熄滅火。

06. 避難経路図 [ひなんけいろず]

逃生路線圖

發音 hinanke-rozu

可以説 避難経路図一枚 [ひなんけいろずいちまい]
一張逃生路線圖

活用句 避難経路図がドアに貼 [ひなんけいろず][は]
ってある。
逃生路線圖貼在門上。

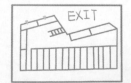

264

07. 宿泊カード　住宿卡

發音 shukuhakuka-do

可以説　宿泊カード一枚

一張住宿卡

活用句　宿泊カードがなくなった。

住宿卡不見了。

302

08. 床　地板　發音 yuka

可以説　床に落ちた。

掉在地上了。

活用句　床を拭く。

擦地板。

09. チェックインする

辦理住宿　發音 chekkuinsuru

可以説　ホテルにチェックインする。

在旅館辦理住宿。

活用句　チェックインの時間を確認する。

確認入房的時間。

10. 財布　錢包　發音 saifu

可以説　財布一個

一個錢包

活用句　財布を盗まれた。

錢包被偷了。

11. カウンター　櫃台

也可以説 フロントデスク

（用フロントデスク時專指飯店的櫃檯）

可以説　カウンター一台

一個櫃台

活用句　カウンターで尋ねる。

詢問櫃台。

12. フロントスタッフ

接待人員

發音 furontosutaffu

可以説　フロントスタッフ一人

一個接待人員

活用句　フロントスタッフに聞く。

問接待人員。

短句 _{たんく} 你百分百要學的！

與**飯店大廳**相關的常見短句看這邊

① 飯店大廳裡掛著一座美麗的水晶吊燈。

ホテルのロビーにきれいなシャンデリアが掛けてあります。

② 服務員會幫忙拿行李。

ポーターが荷物を運んでくれます。

③ 櫃檯的人員很有禮貌的回答客人的問題。

フロントスタッフが丁寧にお客様の質問に答えました。

④ 小林先生在飯店大廳等待同伴。

小林さんはホテルのロビーで仲間を待っています。

⑤ 接待人員先請客人到沙發區，然後給了住宿卡。

フロントスタッフはお客様をまずソファーへ案内してから、宿泊カードを渡しました。

⑥ 客人拿出錢包準備退房。

お客様は財布を出してチェックアウトの準備をしました。

⑦ 飯店每層樓都有逃生路線圖及滅火器。

ホテルではどの階にも避難経路図と消火器が設置されています。

⑧ 高橋小姐在飯店大廳拍照留念。

高橋さんはホテルのロビーで記念写真を撮っています。

⑨ 請問住宿一晚要多少錢？

一泊、いくらしますか？

⑩ 請問可以使用信用卡結帳嗎？

クレジットカードで払えますか？

從**飯店大廳**裡常會出現的對話

ポーター

こんにちは。お荷物をお運びいたします。
回転ドアにお気をつけください。

譯 午安，我來幫您提行李。請小心**旋轉門**。

フロントスタッフ

こんにちは。お客様はお泊りでしょうか。

譯 午安，請問客人您要住宿嗎？

観光客B

はい。事前に予約してありますが。

譯 是的。我們之前已經有預約了。

フロントスタッフ

はい、少々お待ちください。ご確認致します。

譯 好的，請稍等一下，我幫您做個確認。

フロントスタッフ

では、お客様のパスポートを拝見させていただきます。

譯 請讓我看看客人您的護照。

観光客B

はい、パスポートです。

譯 好，這是我的護照。

観光客A

ロビーの天井が高いし、シャンデリアはとてもゴージャスですね。

譯 大廳的天花板好高喔，**吊燈**好華麗呀。

フロントスタッフ

こちらは宿泊カードと朝食券でございます。お部屋番号は2601でございます。

譯 這是您的**住宿卡**以及早餐券。房間號碼是2601。

フロントスタッフ

朝食は一階ロビーの右のレストランをご利用ください。営業時間は朝7時から10時までです。

譯 早餐請利用1樓大廳右手邊的餐廳，營業時間是從早上7點到10點。

観光客B

ありがとうございます。

譯 謝謝。

フロントスタッフ

お客様、すみません、エレベーターはこちらからどうぞ。

譯 客人不好意思，電梯請往這邊走。

語研力 系列 J007

大家來學日本人天天都要用的日語單字

「日籍師資 X 圖像記憶 X 聽力訓練」日語單字及活用短語，一次記好學滿！

作　　者	上杉哲
顧　　問	曾文旭
出版總監	陳逸祺、耿文國
主　　編	陳蕙芳
封面設計	李依靜
內文排版	李依靜
法律顧問	北辰著作權事務所

印　　製	世和印製企業有限公司
初　　版	2021年11月
出　　版	凱信企業集團—凱信企業管理顧問有限公司
電　　話	（02）2773-6566
傳　　真	（02）2778-1033
地　　址	106 台北市大安區忠孝東路四段218之4號12樓
信　　箱	kaihsinbooks@gmail.com

定　　價	新台幣349元／港幣116元
產品內容	1 書

總 經 銷	采舍國際有限公司
地　　址	235 新北市中和區中山路二段366巷10號3樓
電　　話	（02）8245-8786
傳　　真	（02）8245-8718

國家圖書館出版品預行編目資料

大家來學日本人天天都要用的日語單字/上杉哲
著. -- 初版. -- 臺北市：凱信企業集團凱信企業
管理顧問有限公司, 2021.11
　　面；　公分
ISBN 978-986-06836-9-1(平裝)

1.日語 2.詞彙

803.12　　　　　　　　　　　　110014664

凱信企管

用對的方法充實自己，
讓人生變得更美好！

凱信企管

用對的方法充實自己，
讓人生變得更美好！